태양의 인사

태양의 인사

김경해 장편소설

|주|자음과모음

차례

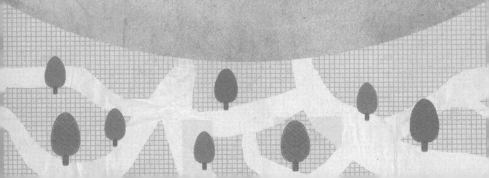

🌳🌳 소년들의 집

"집에 다 왔다."

차에서 잠이 들었던 난, 집이란 소리에 눈을 떴다.

텅 빈 운동장, 축구 골대, 쨍쨍한 햇빛, 불편한 정적, 빨간 벽돌의 3층집. 갓난아기부터 고등학교 3학년까지의 남자아이들만 사는, 여기가 내 집이다.

처음 이곳에 왔을 때는 학교인 줄 알았다. 넓은 운동장이 길가로 나 있고, 복도에 창문이 길게 이어져 있는 그저 그런 학교로 보였다. 나무 손잡이를 잡고 오르는 넓은 콘크리트 계단은 정말 멋대가리가 없었다. 하기는 할머니의 안목이 뭐 고작 그 정도이지, 뭘 더 바랄 수 있을까.

내가 앞으로 다닐 학교에 전학시키려고 데려온 줄 알았고, 차에서 내리기도 전에 머리가 아프기 시작했다. 현관에 들어서고, 사무실에서 얼굴이 호박잎처럼 넓은 할머니를 볼 때까지도 여기가 내가 살 집이라는 생각은 들지 않았다.

"어머니라고 불러라."

어머니라고 하기엔 너무 늙은 할머니 원장님이 그렇게 말했을 때 정말 어이가 없었다. 일흔 살이 훨씬 넘어서 언제 쓰러져 병원 응급실로 실려 갈지도 모르는 할머니를 도저히 어머니라고는 부를 수가 없어서 못 들은 척했다. 하지만 할머니 원장님은 내가 대답하는 거에는 별로 신경 쓰지 않았다. 내 서류를 돋보기안경을 쓰고 들여다보느라 정신이 없었다. 서류를 보고 나를 파악한 할머니 원장님이 말했다.

"이 집에서는 도망치지 마라."

할머니이지만 카리스마가 확 뿜어져 나오는 말투였다.

나는 아직도 할머니 원장님한테 어머니라는 말을 못한다. 이 학교 같은 건물에 사는 아이들은 어머니라는 말이 입에 붙었다. 한 번도 원장님이라고 말하는 아이를 보지 못했다. 어머니라고 부르지 않으면 지하 창고에 가둬놓고 며칠씩 밥을 굶기는 것도 아닌데, 참 이상했다.

얼마 만에 다시 돌아오는 것인지 모르겠다. 날짜나 요일 따위를 따지지 않은 지 오래됐다. 여기가 그렇게 그립지는 않았지만 그래도 돌아올 곳이 있어서 조금은 다행스러웠다. 보호자로 서울에서 부산까지 나를 데리러 와준 사무국장은 몹시 피곤해 보였다.

차에서 내려 걸어오는데 저쪽 놀이터 구석, 나의 지정석인 그네에 앉아 있는 놈이 보였다. 처음 보는 놈으로 내가 없는 사이에 들어온 것 같았다. 그네 줄을 양손에 잡고 거구의 몸을 조그만 의자에 의지한 채 천천히 흔들거리는 놈은 기운이 하나도 없어 보였다. 뭘 그렇게 처먹었는지 몸이 나의 두 배였다. 또 무슨 사연으로 여기까지 왔는지 그놈의 신세도 벌써부터 처량했다.

이 집에 사는 아이들 중에 저런 비만은 단 한 명도 없었다. 뭐 우리에게 밥을 조금 주고 못 먹게 해서 그런 게 아니라 저놈처럼 아무 생각 없이 처먹기만 할 정도로 한가하지 않기 때문이다.

"넌 인사할 줄도 모르냐?"

할머니 원장님은 고개만 숙이고 있는 내게 짜증 난 목소리로 말했다.

'어머니, 잘못했습니다. 다시는 나가지 않겠습니다.'

이 말 한마디면 간단히 끝날 것이다. 하지만 죽어도 어머니란 소리가 나오지 않았다.

"봐주는 것도 한계가 있다. 학교에 다니지도 않고 지내려면 사고는 치지 말아야지."

할머니 원장님은 다시 서류 더미로 고개를 수그렸다. 늘 사인해야 하는 서류가 잔뜩 쌓여 있는 할머니 원장님의 책상은 언제나처럼 정신이 하나도 없어 보였다. 이로써 다시 돌아온 신고식을 마쳤다.

깜박 잠이 들었다가 깼다. 아이들이 학교에서 돌아오는 시간인지, 다녀왔습니다, 하는 인사 소리가 들렸다. 현관문을 열고 들어오면 거실이 있고, 세 개의 방과 주방, 그리고 베란다가 딸린 집. 이 집과 똑같은 집이 복도를 사이에 두고 몇 개 더 있었다. 3층도 마찬가지였다. 원장님은 이 집이 보통 아파트와 같은 구조라는 걸 몹시 자랑스러워했다. 마치 아파트 안에 사는 아이들과 우리들이 다른 것이 없다는 걸 강조하고 싶은 모양이었다. 손님이 오면 집을 구경시키며 꼭 그 말을 강조했다.

벌써부터 답답했다. 아무 할 일이 없다는 게 막막했다. 이 방으로 들어오는 놈이 없었다. 나의 화려한 가출 얘기를 할까 봐 아이들을 단속한 것인지도 몰랐다. 내 얘기를 들었다고 이 집을 뛰쳐나갈 놈은 없을 것이다. 나가봐야 개고생이라는 걸 여러 사례를 통해서 충분히 간접 경험했고, 그 후유증으로 통장의 잔고가 바닥날 것이며, 몇 달간 용돈이 땡전 한 푼 없을 거라는 걸 잘 알고 있었다. 그러느니 차라리 여기에 있으면서 적당히 노는 게 훨씬 경제적이었다.

여기 이 집은 시내를 향해 나 있다. 또 누구나 쉽게 나갈 수도 있다. 정문에는 지키는 사람도 없고, 문은 언제나 활짝 열려 있다. 밤 열 시가 넘으면 잠기긴 하지만 마음만 먹으면 어린아이라도 넘어갈 수 있다.

바로 길 건너는 버스 종점이라서 시내로 나가는 버스들이 많았다. 그 버스를 타고 어디든지 갔다가 돌아오는 것도 쉬웠다. 굳이 나처럼 장기간 먼 지방까지 갈 필요도 없이 하루하루 즐길 수 있는 여건은 충분했다.

다행히 이번에는 합의금이 필요하지 않았다. 내가 일반 가정의 평범한 아이가 아니란 걸 알고는 그냥 없었던 일로 하자고 했다. 가출의 후유증이 별로 없었다. 집도 없는 내게 그나마 통장의 잔고가 힘이 됐다.

나는 밖에 나가서는 자립 자족의 생활 원칙을 세웠다. 가출해서는 내 돈을 쓰지 않겠다는 신념이 있어서 통장이나 카드는 가져가지도 않았다. 돈을 만들어 쓰는 건 그리 어렵지 않았다.

각박하다는 이 세상에 아직도 집에 갈 차비가 없다면 돈을 적선해주는 사람들이 있고, 슬쩍 지갑을 빼도 모르는 사람이 많고, 공짜로 밥을 먹고 잠을 잘 수 있는 곳도 구할 수 있다.

하지만 경찰서로 끌려가면 끝이었다. 경찰서에 발을 들여놓으면 빼도 박도 못했다. 주민번호만으로 신상이 까발려진다. 그러면 더 이상 버티지 못하고 내가 사는 곳과 보호자의 이름을 말할 수밖에 없고, 소년원을 가든 다시 살던 시설로 돌아오든 그렇게 가출의 막이 내려진다.

만약에 한평생 이렇게 여기서 살 수만 있다면 그것도 괜찮은 인생이 될 것이다. 그러면 조용히 지낼 수도 있을 것 같다. 그러면 그들도 용서할 수 있을지 모르겠다. 하지만 나는 곧 여기서 나가야 한다.

방송이 나왔다. 여기서는 모든 전달을 이렇게 방송으로 했다. 사무실에서 마이크를 잡고 각 방마다 전달했다. 우리들 중 누군가를 부를 때도 사무실에서 방송을 했다. 학교하고 완전 똑같은 시스템이다. 이모들이 간식을 가지러 가는 것도 방송을 듣고 나서였다. 나는 아직도 여기를 집이라고 하는 게 낯설었다.

"이러닝 선생님 오셨습니다. 이러닝 하는 친구들 컴퓨터실로 내려오세요."

수요일마다 컴퓨터실에서 인터넷 학습 시간이 있었다. 시에서 제공하는 무료 인터넷 학습 프로그램인데, 아이들이 이 시간을 은근 좋아했다. 컴퓨터를 쓸 수 있기 때문이었다. 가능한 뒷자리에 앉아서 몰래 다른 걸 하는 아이들이 대부분이었다.

나는 딱히 할 일도 없어서 컴퓨터실로 내려갔다. 벌써 뒷자리는
다 차지했다. 얼마 전까지는 공익근무 형이 맨 뒷자리에 앉아서
우리를 감시했다. 몰래 다른 사이트에 들어가 노래와 영화를 다운
받고 게임하는 놈들을 추려냈다. 자기는 제일 좋은 컴퓨터를 차지
하고 앉아서 하고 싶은 걸 다 하면서 우리는 꼼짝 못하게 했다. 우
리와 나이 차이도 별로 없으면서 엄청 어른인 척했다.

지금은 선생님이 맨 앞 책상에 앉아 있으니까 우리를 제대로 감
시할 수 없었다. 그래서 벌써부터 자판 두드리는 소리도 요란하고,
자리도 꽉 찼다.

"다른 거 하지 말고 과제 먼저 하고 셀프 테스트와 동영상 강의
듣는 거다. 다른 거 하면 알지?"

선생님은 너희들이 뭘 하는지 다 알고 있다는 표정이었다. 나는
오랜만에 로그인하려니까 아이디가 생각나지 않았다. 뭐였지? 아
무리 이것저것 눌러봐도 안 됐다. 내가 이 정도로 기억력이 없었
나, 기분이 나빠졌다. 공부를 하려는 건 아니었다. 학습 사이트이
지만 만화영화가 있었다. 아직 보지 못한 게 많았다. 만화영화를
보면서 시간을 보내고 싶었다. 할 수 없이 앞으로 나갔다.

"저, 아이디를 잊어버렸는데요?"

"뭐? 그렇게 나오지도 않고 로그인 안 하니까 잊어버리지. 그동
안 왜 안 나왔어?"

선생님은 아무것도 모르는 표정이었다.

"저 나갔다 왔는데요."

나는 조용히 말했다.

"나갔다고? 어디로?"

선생님의 눈빛에 호기심이 어렸다.

"일단 앉아봐."

"그래, 나가서 뭐 했던 거야?"

선생님이 물었다.

"왜요?"

나는 나에 대해서 뭘 묻는 사람이 싫었다.

"선생님이 궁금해서."

저런 호기심이 싫었다. 부모가 있는지 없는지, 왜 여기에 살게
됐는지, 학교는 왜 다니지 않는지. 왜 자기보다 나이 어린 사람은
상처나 자존심이 없다고 생각하는지 화가 났다. 선생님도 그런 걸
물어서 미안하다는 마음은 없는 것 같았다.

"선생님, 저는 얘기하고 싶지 않아요. 생각하고 싶지 않은 기억
을 들춰내서 얘기하게 하는 건 범죄 행위예요."

나는 그냥 얘기하기 싫다고 말하고 싶었는데 말이 그렇게 나왔다.

"뭐? 범죄?"

선생님은 놀라서 눈을 크게 떴다. 눈가에 가는 주름이 많았다.

결혼도 하고 아이도 있을 것 같은 아줌마였다. 문득 집에서는 어떤 엄마인지 궁금했다.

"그렇죠. 다시 떠올리기 싫은 생각을 끄집어내서 그 사람한테 상처를 입히는 거니까 범죄인 거죠."

선생님은 범죄란 말에 몹시 충격을 받았는지 더 이상 말을 하지 못했다.

"아이디 알려주면 안 돼요?"

선생님은 내 얼굴을 빤히 쳐다보았다. 어차피 내가 더 이상 얘기하지 않을 것이라는 걸 알아챈 것 같았다. 선생님이 내 이름을 클릭하고 모니터를 내 쪽으로 돌려주었다. 확인하고 돌아서려는데 어떤 놈이 버티고 서 있었다. 놈과 살짝 부딪히는 순간, 쿨렁하고 놈의 뱃살이 출렁거리는 느낌이 들었다.

"너, 누구야? 왜?"

선생님이 놈에게 무슨 일이냐고 했다. 아까 놀이터에서 그네를 잡고 늘어져 있던 놈이었다. 가까이서 보니까 살집이 대단했다. 골격이 있는 게 아니라 물렁살이라서 쿡 누르면 흐물흐물한 살에서 물이 쭉 흘러내릴 것만 같았다. 애들이 물곰이라고 수군거렸다.

반팔 티셔츠 위로 축 처진 가슴이 드러났고, 바지는 길이가 어정쩡해서 덜떨어져 보였다. 아동복도 아니고 성인 옷도 아닌 옷 때문에 놈은 더 이상해 보였다.

"저도 하고 싶어요."

덩치에 맞지 않게 목소리는 가늘었다.

"그래, 새로 왔구나. 지금 당장은 안 돼. 다음 주에 나오면 돼. 회원으로 등록해서 아이디 받으려면 주민번호를 알아야 하는데, 불러줄래?"

놈은 시무룩한 표정으로 주민번호를 불렀다. 놈도 공부보다는 컴퓨터로 다른 무언가를 하고 싶다는 생각인 것 같았다. 지금도 심심해서 죽겠다는 듯이 몸을 비비 꼬고 있었다. 저런 놈들이 게임이나 야동 중독에 빠질 스타일이었다. 더구나 이 집에서 할 일이란 게 별로 없었다. 아니 너무 많기도 했지만 본인의 의지나 선택보다는 의무였다. 의무란 원래 재미도 없고 하기도 싫은 법이다.

제일 황당한 건 공부에 대한 의무였다. 학교 시험 평균이 30점대에서 50점대인 아이들의 공부 시간이 너무 많았다. 우리를 보살펴주는 이모들은 매일 문제집을 풀게 했다.

이 집에는 이모가 많았다. 할머니 원장님을 제외한 모든 여자를 이모라고 불렀다. 각 집마다 한 명씩인 여자 생활지도사, 사무실의 복지사와 상담사, 식당의 아줌마 등 모두를 이모라고 했다. 삼촌이라 불리는 남자도 몇 명 있었다. 그러니까 어머니와 삼촌들과 이모들, 어린아이부터 고등학생까지 대가족이 사는 집이었다.

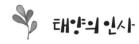 태양의 인사

오랜만에 이러닝을 로그인했다. 읽지 않은 쪽지들이 쌓여 있었다. 이러닝 선생님은 일주일에 한 번은 꼭 의무적으로 단체 쪽지를 보냈다. 읽지 않아도 뻔한 내용이었다. 클릭하지 않았다.

낯선 이름이 있었다. 이러닝을 하는 모든 회원은 서로 쪽지를 주고받을 수 있었다. 같은 시설에서 살던 아이들은 쪽지로 소통하기도 했다. 여기 사는 애들은 서로 욕을 주고받았다. 내게 쪽지를 보낸 아이는 남자가 아닌 여자 이름이었다.

나사랑.

전혀 모르는 아이였다.

안녕?

내가 누군지 모르지?

사실 나도 너 얼굴은 전혀 기억나지 않아…….

하지만 네 이름은 알겠더라고.

그때 거기서 너와 내가 한 일주일 동안 같이 지냈을 거야.

난 그런 곳이 처음이었고, 너는 다른 곳에서 지내다가 잠깐 와 있었고.

어쨌든 반갑다.

내가 아는 그 태양이가 맞는 거겠지?

쪽지 읽으면 답장해라.

그리고 너를 기억한 건, 텔레비전을 보다가……

태양의 인사.

세계 관광지를 소개하는 프로그램을 보는데 네 이름이 생

각났어.

사실 그때도 네 이름이 내 이름만큼이나 우습게 생각됐었거든.

거기다 네 얼굴은 태양이 아니라 어둠이었어.

나도 내 이름이 마음에 들지 않아.

사랑이라니, 헐!

왠지 너도 네 이름이 마음에 들지 않을 거란 생각이 들었어.

그래서 네게 주는 선물이야.

쪽지는 내가 여기를 떠나던 날, 보낸 것이었다. 아쉬웠다. 이 쪽지를 읽었다면 난 여기에서 바로 답장을 하고 또 답장을 기다렸을 것이다. 나사랑이라는 여자아이는 아마 내가 자기 쪽지를 무시했다고 생각하고 있을 것이다. 가슴이 마구 두근거렸다. 나는 뭐라고 답장해야 할지 생각했다. 머릿속이 멍해졌다.

다시 쪽지를 읽었다. 꼼꼼하게 되새기며 읽었다. 첨부파일이 있다는 것도 알았다. 파일을 클릭했다.

먼저 뭐라고 말할 수 없는 새파란 바다가 들어왔다. 그리고 새빨간 유리 열판.

sun salutation.

어때 사진 죽이지?

330개의 유리판이 아드리아 해의 뜨거운 햇살을 온몸으로 받아들이고 있지. 이 거대 유리판은 한낮의 태양열을 그대로 모아두었다가 밤이면 그 에너지로 불을 밝힌다고 해. 어둠이 찾아와도 한낮이 태양의 인사를 하는 거래. 참, 근사한 말이지.

지금, 너도 한낮의 태양을 모두 모았다가 한꺼번에 뿜어낼 그런 날들을 기다리는 건 아닌가 해서, 아니 그래야 하겠지.

직접 가서 보면 얼마나 좋을까.

나사랑은 사진 밑에 이런 글을 또 달아서 파일을 첨부했다. 계속 가슴이 두근거렸다. 도대체 무슨 마음으로 나에게 이런 글을 보냈을까. 더구나 날 기억도 못한다면서.

나사랑.

그 이름도 시설에 사는 아이의 이름으로서는 어울리지 않았다.

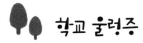 학교 울렁증

오랜만에 만난 아이들은 인사는커녕 나를 무시하거나 피했다.
내가 이 집에 있는 아이들 중에서 나이가 제일 많은데 대접이 그
랬다. 비록 키는 초딩처럼 작았지만 나이만 제일 많았다. 어른들의
세계가 힘과 돈으로 서열이 정해진다면 우리들의 세계는 힘이었
다. 무조건 힘이었다. 나 같은 사람은 절대적으로 불리한 조건이었
다. 그리고 서열에 따라 순응하는 것도 어린아이였을 때부터 자연
스럽게 익혀진 인생의 법칙이었다. 누가 가르쳐주지 않아도 저절
로 알게 되는 인생의 쓸쓸한 법칙.

사랑이라는 아이도 아마 나보다는 어릴 것이다. 이러닝을 하는
회원이라면 그래야 했다. 나는 회원 자격 요건이 안 되지만 원장

님의 특별 지시로 하게 됐다. 나보다 어리면서 왜 친구한테처럼 반말을 했을까.

사랑이에 대한 기억이 나는 전혀 없었다. 도대체 어떤 아이인지 너무 궁금했다. 이럴 때 휴대폰이 있었으면 얼마나 좋을까, 문득 그런 생각이 들었다. 사랑이의 휴대폰 번호를 모르지만 만약, 알게 된다면 문자나 카톡을 하고 싶었다.

난 아직 휴대폰이 없다. 이곳에선 고등학교 입학과 동시에 휴대폰을 주지만 학교를 다니지 않는 나는 휴대폰을 받지 못했다. 그동안은 어차피 휴대폰이 있어봤자 쓸 일도 없었다. 고등학교에 입학은 했었다. 며칠 다니다가 쭉 결석을 했기 때문에 결국 자퇴했다. 자퇴를 해야 그나마 나중에 혹시라도 학교를 다시 다닐 수 있는 기회가 있다고, 원장님이 그렇게 했다.

나는 초등학교 2학년까지만 학교를 다니고 그 이후에는 정상적으로 학교를 다닌 적이 없었다. 중학교는 검정고시로 통과했다. 정말이지 나는 학교가 다니고 싶었다. 공부를 한다기보다는 아침에 가방을 메고 학교에 갔다가 점심을 먹고 집으로 돌아오는 생활이 하고 싶었다. 휴대폰도 만지작거리며 누군가와 문자질도 하고 싶었다.

학교 울렁증이라고 하면 이 세상 모든 사람은 코웃음을 쳤다. 그런 게 어디 있느냐, 학교 다니기 싫은 변명일 뿐이라고 했다. 아무도 믿어주지 않아도 괜찮았다. 다시 학교에 다닐 수만 있다면 그동안 내가 거짓말을 했다고 비난을 해도 상관없었다.

여기 원장님의 배려로 들어간 고등학교에서는 노력했었다. 검정고시 출신으로 다른 아이들보다 한 살이 많았지만 제발 받아달라고 사정해서 간 고등학교였다. 처음에 들어갔던 고등학교에서는 출석 일수가 부족해서 어차피 유급될 처지였다. 새로 들어간 학교에서 두통과 어지럼증을 조절하기 위해서는 교실 뒷문 바로 옆자리가 내 자리여야 했다. 나는 담임선생님께 말했다.

"저는 저기에 앉고 싶어요."

나는 손가락으로 내가 원하는 자리를 가리켰다. 그런 행동이 얼마나 건방지고 위험한지 몰랐다. 학교생활에 익숙하지 않았으니까 그랬다. 갑자기 아이들의 시선이 쏠렸다. 그리고 낮게 중얼거리는 욕설들, 어이없는 웃음이 들렸다.

내가 가리킨 자리에 앉아 있던 놈은 눈을 부라리며 나를 째려보더니 책상을 들었다가 놨다. 쾅 하는 소리가 교실에 울렸다. 성적이 아주 바닥인 놈들만 모이는 곳이라 행동하는 게 무식했다.

"그만해!"

담임선생님이 소리쳤다. 고등학교에서 전학생은 골칫거리인 경우가 많았다. 중학교 졸업만 하면 누구나 다 들어갈 수 있는 학교에선 더 그랬다. 그래서 내신 성적 98퍼센트 안에 들면 누구나

갈 수 있는 학교들은 적응하기가 더 어려웠다. 그래도 고등학교 졸업장이라도 따야겠다고 들어간 거였다.

"최소한 고졸은 돼야 한다."

그 말을 귀가 따갑도록 들었다.

"그래야 먹고 산다."

그 말은 두려움이기도 했다.

내가 일반 가정의 학생이 아니라 시설에서 온 학생이라서 담임들은 어떻게든 탈 없이 지내도록 배려했다. 그 배려 때문에 나는 원하지 않는 관심을 받았다.

"키는 난쟁이 똥자루만 해가지고 왜 뒤에 앉는 거야."

쉬는 시간마다 뒷자리의 아이들이 한마디씩 했다. 교실의 풍경은 언제나 비슷했다. 선생님의 일방적인 독백과 정적, 무관심, 멍한 눈동자들, 쉬는 시간을 알리는 벨소리와 함께 확 살아나는 생동감.

무슨 과목의 수업 시간인 줄도 몰랐다. 또다시 두통이 시작되고, 어지럽고, 속도 안 좋았다. 더 이상 참기 힘들어 교실을 나왔다. 수업을 하던 선생님은 뒤따라 나와서 어디 가냐는 말도 하지 않았다. 갈 곳은 운동장뿐이었다. 운동장에 앉아 있다가 그냥 돌아왔다.

다음 날, 학교에 가자 아이들은 나에게 격한 관심을 보였다.

"와, 뭐 백이냐?"

"우리 같으면 담탱이한테 개작살 났을 텐데."

"뭐냐, 넌?"

드디어 내게 말을 걸기 시작했다.

"생긴 건 그렇지 않은데 부모님이 돈 좀 있나 본데. 수업하다가 뛰쳐나가도, 그냥 집에 가도 봐주는 거야, 씨발."

내가 앉아 있는 의자를 발로 찼다. 늘 그런 식이었다. 그러면 나는 그다음 날부터 학교를 나가지 않았다. 차라리 검정고시 학원에 다니며 공부하는 게 나았다. 아주 잠깐이지만 공부하는 것도 그다지 나쁘지는 않았다. 하지만 도무지 공부와 인생을 연결시켜 생각할 수는 없었다.

"어디 사냐? 집이 어디야?"

집 얘기가 나오면 끝이었다. 내가 시설에 사는 걸 아는 순간, 애들의 레퍼토리는 똑같았다.

"고아야? 엄마 아빠 죽었어?"

"아이고, 널 갖다버렸구나."

"쯧쯧, 불쌍하다. 근데 그런 데서 애들하고 같이 살면 존나 재미있을 것 같아. 엄마 잔소리 안 들어도 되고."

내가 만약 힘 좀 썼으면 살인자가 됐을지도 몰랐다. 그런 말을 하는 주둥아리를 다시는 열지 못하게 만들고, 인간 같지도 않다는 듯이 쳐다보는 눈을 다시는 볼 수 없게 주먹으로 쳐 날려버렸을 것이다. 어쨌든 내 몸속에도 폭력과 야만의 피는 흐르고 있었다.

아침의 폭죽놀이 🌿

　1층 컴퓨터실 앞, 복도에 앉아서 만화책을 읽고 있었다. 갑자기 조용한 오전에 소방차 사이렌 소리가 요란했다. 잠깐 고개를 들어서 창밖을 보니 소방차는 소리만 남겨두고 보이지 않았다. 여기 복도 의자에 앉아 있으면 사람들 눈에 잘 띄지 않지만 사무실이나 운동장은 잘 볼 수 있었다.

　혹시나 하고 컴퓨터실 문을 열어봤으나 잠겨 있어서 그대로 주저앉은 것이다. 가끔 컴퓨터실을 쓰는 이모들이 있었다. 아이들이 학교 가고 없을 때는 내가 게임해도 눈감아주곤 했다.

　다시 사랑이의 쪽지를 읽고 싶었다. 그리고 태양이 인사를 한다는 그 푸른 바다를 보고 싶기도 했다. 무엇보다도 빨리 답장을 보내고 싶었다. 아직 휴대폰 문자 하나도 주고받지 않아봐서 쪽지 답장이 어색하기만 했다. 그리고 사랑이는 보통의 아이들과는 다른 특별함이 있는 것 같았다. 나도 사랑이처럼 특별한, 감동적인 쪽지를 보내고 싶었다.

창문 아래 난간에 만화책이 제법 많았다. 그동안 못 본 책들이 많이 있었다. 오타쿠 덕분이었다. 고등학교 1학년인 오타쿠는 자기 용돈을 모두 만화책에 쏟아부었다. 자기가 더 이상 가지고 있을 수 없는 것들을 여기에 가져다 두었다. 가끔은 원장님이 직접 옷장에 있는 만화책을 끌어내기도 했다. 그놈, 장롱 안에는 더 재미있는 신간들이 가득 쌓여 있을 것이다. 언제쯤 그것들을 볼 수 있을까.

갑자기 소란스러웠다. 창밖을 내다보니까 경찰차가 서고 경찰관 두 명이 내렸다. 무슨 일이 터진 게 분명했다. 가지 많은 나무에 바람 잘 날이 없다는 옛말이 있듯이 여기에 있는 아이들의 머릿수를 따지자면 매일 사건이 터져야 정상이었다.

경찰들이 사무실로 들어섰다. 원장님의 인상이 굳어졌다. 하지만 곧 경찰관들에게 두 손을 모으고 고개를 숙이며 인사했다.

"죄송합니다. 죄송합니다."

원장님은 계속 고개를 숙였다. 그때 연락을 받은 사무국장님이 나타났다. 사무국장님의 얼굴에선 벌써 땀이 흐르고 있었다. 흥분을 하면 땀이 막 솟구쳤다.

'또 사고를 쳤구나. 이번엔 도대체 무슨 일이야. 내 이놈의 새끼를 가만두지 않을 거야.'

사무국장님의 표정이 그래 보였다. 도대체 누가 무슨 사고를 쳤는지 궁금했다. 지금은 모두 학교에 있을 시간이었다. 경찰관은 다시 차를 타고 가버렸다. 국장님은 원장님과 얘기하다가 휴대폰을 들고 일어섰다.

"엄마, 갔다 올게."

사무국장님은 주차장으로 바쁘게 걸어갔다. 칠십 대 원장님의 아들인 사무국장의 나이는 모르겠다. 대머리에 배가 불룩하게 나온 게 사십 대 후반이나 오십 대로 보인다. 그런데 엄마라고 부르다니. 처음에는 내가 잘못 들은 줄 알았다. 엄마라고 부르는 국장님을 확인하는 순간, 내 몸이 오그라드는 느낌이었다. 다 늙은 아저씨가 어린아이처럼 혀 짧은 소리에 어리광을 부리는 듯한 목소리로 부르는 엄마라는 말. 특히 말꼬리를 길게 늘어뜨리는 그 소리에는 영원한 아이 같은, 언제까지나 어린 아들로 남아 있을 것 같은 느낌이었다. 나는 한 번도 가져보지 못할 느낌이었다. 내가 엄마라고 불렀던 것은 몇 번이나 될까.

사건의 주인공은 곧 나타났다. 교복 상의 단추는 다 풀어헤친 한결이었다. 남들은 수업을 듣든 잠을 자든 다 학교에 있을 시간이었다. 국장님 차를 타고 온 한결은 고개를 푹 수그리고 사무실로 들어갔다. 원장님과 마주 앉았다. 원장님은 이럴 때는 절대 다그치지 않았다. 야단을 치거나 훈계 따위를 늘어놔봤자 아무 소용이 없다든 걸 누구보다도 잘 알았다. 평생 시설을 운영해온 노하우였다. 훈계보다 더 현실적인 게 있었다. 사고 친 뒷수습을 위해 들어간 돈이 제해질 때까지 용돈을 주지 않는 거였다.

어줍지 않는 설교 따위가 전혀 먹히지 않는다는 걸 절실히 경험한 원장님이었다. 그렇지 않아도 사춘기를 지나서 반항의 시기와 욕정의 시기에 잘못 건드리면 어떻게 폭발할지 몰랐다. 그냥 조용히 그 질풍노도의 시기를 넘기기만 하면 괜찮았다.

한결이 왜 하필 아침에 학교 가다가 폭죽을 샀는지 모르겠다. 밤에 터뜨리는 폭죽이라면 몰라도 아침의 폭죽은 어울리지 않았다. 이놈이 이런 또라이였는지 몰랐다. 폭죽이 요란지랄을 떨면서 올라갔다가 치킨집 앞의 천막으로 떨어지며 불이 났다고 했다. 한여름 밤에 치킨과 맥주를 먹는 사람들을 위해 밖에 설치한 천막을 다 태웠다고 했다. 불이 붙었을 때 자기 교복을 벗어서 불을 끄려다가 점점 더 붙어버리자 소방서에 신고까지 한 놈이었다.

"도망치지 그랬냐?"

보통 불이 붙는 순간, 도망치는 게 우리들의 본능적인 움직임이

었다. 그동안 서로 거의 말을 하지 않고 지냈지만 자기 방에 있는
게 싫었는지, 내가 있는 방으로 놈이 들어와서 침대에 누웠다. 우
리 방의 이모는 아마 그 방으로 가서 커피를 마시고 있을 것이다.

"왜 도망쳐?"

그 말에는 어떤 느낌이 있었다. 아무것도 겁날 게 없다는 것과
는 다른, 자기 자신이 어떻게 되든 상관없다는 것 같은 자폭하는
듯한 느낌이 들었다.

"아, 씨발, 통장에 있는 돈 다 날리게 생겼어. 뭔 놈의 천막이 그
렇게 비싸. 팔십만 원이래. 내 통장에 있는 돈 삼십만 원에다가 어
머니가 오십만 원 더해서 물어주기로 했어."

말은 그렇게 했지만 별로 아깝지 않은 표정이었다.

"왜 그랬어?"

차라리 친구들하고 주먹질을 했으면 궁금하지도 않았을 것이
다. 폭죽과 불이라니, 더구나 학교 가는 길에.

한결이는 대답하지 않았다. 대신 눈을 감고 한숨을 쉬었다.

"씨발, 죽여버릴 거야."

누구에게 하는 말인지 모르겠지만 눈을 감은 한결이가 울음을
참는 것 같았다. 나는 아무 말도 못했다. 대신 무선 주전자에 물을
끓였다.

"라면 먹자."

평일 점심에는 될 수 있으면 식당에 내려가지 않았다. 아이들이 없는데 혼자서 청승맞게 꾸역꾸역 밥 먹고 싶지 않았다. 그리고 매일 먹는 밥이 지겹기도 했다. 그래서 나는 항상 라면을 여유롭게 사다놓았다.

오늘 같은 날, 한결이와 식당에 내려갔다가는 동물원의 원숭이 꼴이 될 게 뻔했다. 라면 봉지를 뜯어서 대접에 하나씩 넣고 수프도 털어 넣었다. 끓는 물을 대접에 부었다. 책꽂이에서 아무 책이나 꺼내서 대접을 덮었다. 라면 익는 냄새가 식욕을 자극했다.

한결이에게 나무젓가락도 던져주었다. 아무래도 덜 익었을 것 같은데 책을 치웠다. 아직 꼬들거리는 라면을 젓가락으로 휘휘 저어 국물 속으로 집어넣었다. 언제나 기다리는 시간이 부족했다.

드라마나 영화에서 냄비 뚜껑에 라면을 식혀 먹는 걸 보면 따라 해보고 싶었다. 언젠가 나도 한 번 꼭 그렇게 냄비째 라면을 끓여 먹겠다는 쪽팔리는 소망이 있다. 라면을 먹고 나서는 거실에 누워서 텔레비전을 보았다. 채널을 이리저리 돌리다가 그만 잠이 들었다.

"형."

눈을 떠보니 한결이 동생 은결이가 와서 형을 불렀다. 은결이는 아무 말도 하지 않고 입술을 내민 채 시무룩하게 앉아 있었다. 아마도 자기 형이 어떤 일을 저질렀는지 알고서는 찾아온 것 같았다.

"왜?"

한결이가 잠이 덜 깬 목소리로 짜증을 냈다.

"아냐."

은결이는 그냥 고개를 숙인 채 앉아 있었다.

"가."

한결이가 동생을 가라고 다그쳤다. 형제가 함께 있는 경우, 형의 말은 무엇보다도 강한 힘을 발휘했다. 일어나서 나가는 은결이의 어깨가 축 처졌다.

"아, 짜증 나!"

한결이가 방바닥을 손으로 내리쳤다.

"아, 이놈의 인생."

한결이는 인생을 다 산 사람처럼 깊게 한숨을 내뿜었다.

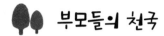 부모들의 천국

줄을 서서 식판에 밥을 담고 반찬도 집었다. 된장국은 정말 신물이 난다. 내가 나중에 여기서 나가서 집을 얻어 산다면 난 정말된장국 따위는 끓여 먹지 않을 것이다. 달걀말이와 고추멸치조림,김치로 식판을 채웠다.

고등학교 놈들이 대놓고 나를 흘깃거렸다. 서로 눈짓을 하며 소곤거렸다. 내가 저놈들보다 나이는 많은데, 아무도 형 대접을 하지않았다.

"또 돈 털렸어. 존나 짜증 나."

굶주린 아프리카 아이처럼 키가 작을 뿐 아니라 팔다리가 가늘어서 금방이라도 부러질 것처럼 가는 경준이가 성질을 냈다. 피부도 까매서 아이들은 아프리카 원주민이라고 불렀다.

"나도."

범생이 뿔테 안경이 조심스럽게 대꾸했다.

"또 그 새끼야. 아, 용돈 개털 됐어."

아프리카 원주민은 식판을 숟가락으로 쳤다.

"조용히 해라. 죽는다."

재모, 그놈이 주먹을 들었다가 놨다. 저놈은 자기 형 때문에 언제나 기세가 당당했다. 세상에서 가장 큰 백을 가지고 있는 것처럼 멋대로 굴었다. 그도 그럴 것이 고등학교 1학년 형의 키가 185센티나 되고 덩치도 장난이 아니었다. 중학교까지는 축구부 골키퍼를 했고, 고등학교도 축구부가 있는 학교로 갔으나 정식 축구부 골키퍼가 되지 못했다. 유난히 까만 곱슬머리와 눈썹, 어기적거리며 걷는 모습이 고릴라 같았다.

여기서는 키 크고 덩치 좋으면 최고였다. 집안, 성적, 외모가 아니라 주먹으로 서열이 정해지는 세계였다. 그래서 나는 아무것도 아니었다. 심지어 나보다 어린놈들도 깝칠 때가 많았다.

"형아, 밥 많이 먹었어?"

재모 놈이 자기 형한테 가서 애교를 떨었다. 지은 죄가 있으니까 미리 지랄을 떠는 것이다. 형한테 죽도록 맞는 일이 없게 미리 아양을 떠는 얍삽한 놈, 그래서 재모를 모두 싫어했다.

"형."

창주였다. 같은 방은 아니었지만 그래도 가끔 아는 척해주는 놈이었다. 창주는 아주 오래전, 임시 센터에서 만난 적이 있었고, 여기에서 다시 만났다. 창주는 다른 시설에 있다가 작년에 이곳으로 옮겨왔다.

"어제 온 거야?"

나는 대답하지 않았다.

"또 나갈 거야?"

창주가 답답해 죽겠다는 표정이었다.

"몰라."

나도 이러는 내가 마음에 들지는 않았다.

"넌, 이제 용돈 받나?"

"어, 나중에 얘기하자."

창주가 휴대폰을 들고 일어섰다. 고등학교에 가더니 머리 모양도 달라지고 걸음걸이도 이상해졌다. 왜 고등학생이 되면 눈을 살짝 가리는 긴 머리를 하고 바지 주머니에 손을 집어넣고 건들거리며 걷는지 모르겠다. 별로 멋있어 보이지 않는데도 개폼을 잡았다.

창주는 중학교 3학년, 겨울방학이 얼마 남지 않았을 때, 가벼운 사고를 쳤다. 학교 음악실에서 같은 반의 한 놈이 자꾸 깐죽거렸다. 창주가 상대하지 않자 툭툭 건드렸다. 싸우지 않으려고 그냥 그놈의 팔목을 잡았는데 놈이 아프다고 엄살을 떨다가 그만 기타와 부딪쳐서 기타가 박살이 났다. 마음 같아서야 주먹 한 방을 제대로 날리고 싶었지만 별거 아닌 일로 휘두르고 싶지 않았을 뿐이다.

주먹을 휘두르다가 재수 없으면 소년원까지 가야 했다. 소년원을 들락거리면서 인생이 꼬이는 친구들을 많이 봤다. 그래서 소년원만은 가지 않는 게 창주의 목표였다. 전에 있던 시설에서 옮긴 것도 그 때문이었다. 시설을 옮긴다는 것은 엄청난 스트레스였다. 텃세로부터 자신을 지켜나가야 했다.

학교에서는 시비를 건 놈과 반반씩 기타 값을 물어내라고 했다. 분명 중고 기타였는데 새 기타 값 사십만 원을 내라고 했다. 학교의 처사가 너무 억지 같았지만 원장님은 이의를 제기하지 않았다.

목소리 크고 무식한 아줌마가 창주의 엄마였다면 기타 값은 물어주지 않았을지도 모른다. 원장님은 창주의 용돈을 이십만 원 제할 때까지 주지 않겠다고 했다. 그렇다고 그렇게 억울해할 필요는 없었다. 아이들이 사고 친 뒷수습에 필요한 돈까지 국가에서 대줄 수는 없으니까. 우리가 사고 친 걸 왜 나라에서 해주냐는 건강한 의식이 모두에게 있었다. 그것은 원장님이 주입한 교육의 효과였다.

이렇게 공짜로 먹여주고, 재워주고, 학교 보내주고, 휴대폰도 주고, 매달 용돈까지 주며, 우리들의 부모 대신 완벽하게 보호해주는데, 왜 하라는 공부는 하지 않고 사고를 치냐고 묻고 싶겠지만 우리도 이렇게 살고 싶지는 않았다.

돈도 책임감도 없는 부모들에게는 부모의 도리를 대신해주는 여기가 천국일지도 몰랐다. 그 천국에서 얼마나 행복한지 눈물이 날 지경이었다.

사랑이, 그 아이는 왜 시설에 맡겨졌을까. 이상하게도 단지 이름밖에 모르는 사랑이라는 아이 생각이 문득문득 났다. 그나저나 답장을 써야 했다.

기출의 달인

　분명 지수는 여자 친구를 사귀어봤을 것이다. 또 연애편지 따위도 많이 써봤을 것이다. 무엇보다도 여자의 심리를 잘 알 거 같았다. 나는 지수에게 사랑이의 쪽지에 대해서 물어보고 싶었다. 이럴 때는 뭐라고 해야 될지 지수에게 물어보려는 순간, 놈이 먼저 입을 열었다.

　"여름방학엔 여기서 나갈 거야."

　갑자기 날씨가 더워지고 여름방학이 다가오자 지수는 야심찬 계획을 세웠다.

　"또 거기 있으면서 알바하려고?"

　지수의 절친 영준이가 말했다.

"당연하지."

나하고 룸메이트이기도 한 지수는 이곳에서 처음 만난 사이는 아니었다. 우리는 이곳으로 오기 전, 아동상담소에서 꽤 오랫동안 함께 지냈다. 거기에서 나는 전무후무한 신기록을 세웠다. 공식적인 가출 기록만 93번이었다. 내가 생각해도 대단한 기록이었다. 그야말로 가출을 밥 먹듯이 한 화려한 생활이었다.

나는 누가 뭐래도 가출의 달인이었다. 애들은 넌지시 물어봤다. 도대체 어디서 자냐고. 겨울만 아니면 잘 곳은 얼마든지 있었다. 겨울이 문제였다. 얼어 죽을 수도 있으니까. 겨울에는 잘 가출하지 않지만 나갔는데 돈이 없다면 빌라의 옥상 물탱크에서 잤다. 물탱크 안은 춥지 않아서 좋았다. 바람이 통하지 않고 아늑하기까지 한 그곳. 겨울이면 물이 얼어서 터질까 봐 물을 채워놓지 않았다. 봄이 되면 다시 물을 채워놓아야 하기에 뚜껑을 꽉 잠가놓지는 않았다. 혼자 누워 있으면 세상에 나 혼자만 있는 것 같았다. 그것이 차라리 위안이 됐다.

"왜, 사서 고생이냐?"

나 때문에 골치가 아픈 복지사들은 나를 이해하지 못했다. 나도 나를 이해 못하는데 다른 사람이 어떻게 나를 이해할 수 있단 말인가.

어느 날, 지수가 나를 미행했다. 그때 지수는 초등학교 6학년이었다. 나처럼 학교를 제대로 가지 않았다. 아마 어떤 정신 나간 복지사가 나를 따라가 보라고 시켰는지도 모른다. 아무튼 나는 지수가 몰래 쫓아오는 줄 몰랐다.

늘 하던 대로 먼저 도서관에 갔다. 학교 울렁증은 있었지만 도서관은 괜찮았다. 학교와 도서관의 차이가 무엇일까 생각해보았는데, 사람이었다. 학교에 있는 사람들, 선생님과 아이들은 나를 싫어했지만, 도서관에 있는 사람들은 나를 몰랐고 나에게 전혀 신경 쓰지 않았다. 나는 무관심이 편한데, 그걸 못 견뎌서 과잉 행동을 하는 아이들도 있었다.

자료실에 가서 마음 내키는 대로 책을 골랐다. 공부는 하기 싫었지만 책은 되는대로 읽다가 던져버렸다. 고를 책은 많았다. 책을 보다가 배가 고파지면 근처의 대형마트로 갔다. 누구나 이용할 수 있는 시식 코너를 몇 바퀴나 돌면서 먹었다. 판촉 행사를 하는 아줌마들은 내 작은 키와 순진해 보이는 얼굴을 보고 대놓고 싫은 척은 하지 않았다. 물론 그만 좀 먹으라고 다른 손님이 없을 때 싫은 소리를 하는 아줌마도 있기는 했다. 하필이면 그때 쪽팔리게 지수와 맞닥뜨렸다. 놈도 먹는 거에 정신이 팔려서 나를 놓쳤다 마주친 것이다.

"형, 진짜 많이 먹는다."

지수가 나타났을 때, 너무 놀라긴 했다.

"너, 여기 웬일이야?"

"그냥."

지수의 말을 믿지 않았다. 우연히 마주치기에는 상담소에서 너무 먼 거리였다.

"형, 가출하면 이렇게 살아?"

지수는 이제야 다 알았다는 듯이 고개를 끄덕였다. 그 표정에서 참 지질하다, 뭐 그런 게 느껴졌다. 나는 더 이상 다른 모습을 보이지 않은 게 다행이라고 생각하고 지수와 돌아다니다 바로 돌아왔다.

그랬던 지수가 지금은 고등학생이 됐다. 어느 곳에서나 인물 좋은 놈은 눈에 띄었다. 지수가 그랬다. 키는 그동안 더 커서 180센티미터나 됐다. 나는 집을 떠난 이후로, 그러니까 시설에 맡겨진 이후로는 키가 자라지 않았다.

지수는 얼굴에 여드름이 약간 있기는 했지만 흰 피부와 가늘게 진 쌍꺼풀, 가지런하고 깨끗한 이 덕분에 엄친아로 보일 정도였다. 지수는 누구에게나 호감을 주는 스타일이었다. 전혀 이런 데서 살 거 같지 않아 보였다. 게다가 그때나 지금이나 넉살이 너무 좋았다. 사람들은 지수에게는 친절하게 대해주었다. 지수는 늘 웃으면서 얘기했는데 그럴 때마다 단정한 치아가 드러났다.

이곳에서 다시 만난 지수는 어른의 세계로 들어가려고 기를 쓰고 있었다. 그러면서도 나름 인생을 즐기고 있었다. 여기 친구들보다 학교 친구들이 훨씬 많았다. 그것도 굉장히 특이한 경우였다. 보통은 학교 친구를 잘 사귀지 못했다. 그래서 서로 반이 달라도 쉬는 시간이나 점심시간에 만나서 노는 게 여기 아이들이었다. 반 친구 누구와도 친하지 않은 아이들도 더러 있었다.

지수는 가끔 여기로 밥 먹는 시간에 친구를 데려와 식당에서 함께 먹기도 했다. 데려온 친구를 원장님께 인사시키고 아부하는 것도 잊지 않았다.

"어머니, 여기 밥이 맛있어서 친구를 데리고 왔어요."

"그래? 많이 먹고 언제든지 또 와."

원장님은 친절한 엄마처럼 말했다.

원장님은 지수에게는 인사성이 바르다고 칭찬했다. 나처럼 어머니라고 부르지도 않고 인사도 하지 않는 놈은 처음이라고 했다.

지수는 동생도 있었지만 동생에게는 전혀 신경 쓰지 않았다. 이곳의 분위기가 그랬다. 형제가 없는 사람도 많은데, 형제라고 서로 돌봐주는 것은 공평하지 않다는 것을 은근히 주입시켰다. 부모와 자식, 형제와의 관계에서도 모두 쿨해야 했다.

지수는 평일에도 몰래 아르바이트를 하며 용돈을 벌었다. 치킨집 하는 친구네 가게 전단지를 돌렸다. 오토바이를 타고 배달해야 훨씬 더 많은 돈을 받았지만 그건 친구네 부모가 절대 허락해주지 않았다. 미성년자가 오토바이를 타고 가다가 사고가 나면 몹시 성

가신 일이 생기기 때문이었다. 더구나 시설에 사는 아이라면 더더욱 안 됐다.

지수는 술과 담배도 일찍 시작했다. 그래도 자기 같은 골초가 여기서는 절대로 담배를 피우지 않는 게 대단한 거라고 떠벌렸다.

"애들이 보고 배우니까 여기서는 절대 피우지 마라."

예전부터 내려오는 형들의 금기를 지수 역시 지켰다.

"그래도 나가서 다 배우는데."

자기가 그랬던 것처럼 다른 아이들도 어른의 세계로 들어가는 통과의례를 치르듯이 다 겪게 될 것이라고 했다. 막아도 저절로 다 하게 될 것이라고 했다.

지수는 한껏 부풀어 올랐다. 이번 방학 때는 아르바이트를 해서 하고 싶은 것을 죄다 해보겠다는 거였다.

"형, 나 진짜 돈이 없어."

말하는 지수의 머리 모양이 이상했다. 들어온 날은 그냥 지나쳤는데 지금 보니까 둥그런 버섯 같았다. 조금 웃겨 보이긴 했으나 약간 연예인 필이 나면서 잘 어울리는 것도 같았다.

"머리 뭐야?"

"뚜껑 컷. 홍대 앞에서 잘랐어. 비싼 머리야."

"진짜, 뚜껑 쓴 거 같다."

"잘 봐. 이 안에는 머리카락이 없어."

지수는 뚜껑 같은 걸 머리카락을 들추면서, 이 안의 머리를 짧게 잘라서 머리 모양이 살아나게 하는 것이라고 했다.

"자른 지 좀 돼서 안의 머리가 많이 자란 거야. 처음엔 진짜 없었거든."

나는 뭐, 특별히 원하는 스타일이 없어 이발사 아저씨들이 자르는 대로 내버려두었다. 매달 30일이 되면 이곳에 이발사 아저씨들이 봉사 활동을 나왔다. 초등생이야 불만 없이 줄을 서서 자르지만 중학생만 되면 머리를 자르지 않으려고 숨어 다녔다.

늙은 이발사 아저씨들은 머리를 짧게 자르면 모범생이 되는 줄 알고 뿌듯해했다. 중학생들은 자기 용돈으로 마음에 드는 미용실에 가서 머리를 다듬었다. 홍대 앞에 가서 잘랐다는 지수의 머리는 너무 튀었다.

지난 겨울방학에도 지수는 원장님에게 거짓말을 하고 친구네서 지냈다. 지수의 엄마가 적극적으로 협조해서 원장님에게 방학 중에 함께 지내겠다고 전화를 해주었다. 원장님은 부모님의 요구나 부탁은 절대로 거절하지 못했다.

지수가 방학 동안에 지낸 집은 친구들의 아지트였다. 친구네 엄마는 야간 일을 하기 때문에 낮에 들어와서 잠만 잤다. 친구들은 평소에도 자주 그 집으로 몰려갔다. 라면을 끓여 먹고, 달걀 반숙 프라이에 간장과 참기름을 넣어 밥을 비벼 먹고, 술을 마셨다. 방에서 담배도 피우고 밤새 게임을 하며 놀았다. 큰 소리로 노래도 불렀다. 그 집주인 아줌마가 더는 그 꼴 못 보겠다고 친구네 엄마 한테 방을 빼라고 했다.

그전에, 아동상담소에 같이 있었을 때도 지수는 좀 튀었다. 나처럼 학교를 잘 가지 않았고 자기 멋대로 행동했다. 선천적으로 우월적인 유전자를 가져서 그걸 잘 알고 이용했다. 지수를 보면서 외모가 인간에게 어떤 영향을 미치는지, 어떤 성격을 갖게 하는지 지켜볼 수 있는 계기가 됐다. 덕분에 나는 조금 더 자신 없는 인간이 됐다.

거기 살면서 지수는 가끔 엄마가 있는 반지하 빌라에서 자고 오기도 했다. 지수의 엄마가 그 빌라에서 다른 곳으로 옮길 때, 세가 나가지 않아서 잠깐 빈집이었던 적이 있었다. 지수 놈이 떠들어대서 나는 슬쩍 동 호수까지 물어보고 며칠 동안 거기서 잔 적도 있었다.

김밥과 빵으로 끼니를 때우면서 만화책을 정신없이 봤다. 지금은 만화책보다는 소설에 빠져 있긴 하지만 무언가를 읽으면 시간이 느껴지지 않아서 좋았다. 아이들이 나보고 책 폐인이라고 하는 것도 알고 있었다. 어떤 놈들은 야설이라고도 했다. 야한 소설을 읽는다고 그렇게 부르는데 난 장르를 가리지 않을 뿐이었다.

나는 거기나 여기나 별 차이를 모르겠는데 지수는 그곳이 더 좋왔다고 했다. 일단 중학교는 정식 학교가 아니라 대안 학교에 다녀야 했다. 그러니까 공부도 덜 하고 학교도 더 일찍 끝나고 훨씬 더 자유로울 수 있었다. 지수가 중학교에 들어가게 되자, 장래를 생각해서 더 좋은 곳으로 보내준 곳이 여기였다. 동생도 함께 이곳으로 왔다.

"엄마한테 빼달라고 했는데, 빨리 나갔으면 좋겠다."

원장님은 정말로 믿는 것인지, 모른 척 속아 넘어가주는 건지 모르겠다. 고등학생이 된 지수는 더 자유로워졌다. 지수가 들어간 그 학교는 내신 90퍼센트 내에 들면 갈 수 있는, 그러니까 누구나 갈 수 있는, 공부라고는 거의 해본 적이 없는 아이들이 모이는 학교였다. 고등학교를 졸업하기 위해서는 어쩔 수 없이 다녀야 하는 학교였다. 고등학교에 들어가자마자 지수는 수업이 늦게 끝나고 실습한다는 핑계를 대고 학기 초부터 일식집에서 서빙 알바를 하고 매일 밤늦게 돌아왔다. 공식적인 통행금지 시간이 지났는데도 뭐라 하지 않았다.

그 후로도 계속 틈틈이 아르바이트를 했다. 1학년이 뭔 실습이 있으련만 그래도 지수의 거짓말은 의심받지 않았다. 아르바이트한 돈으로 선크림을 사고, 미장원에서 머리를 자르고, 옷을 사 입고, 친구들과 놀러 다니느라 늘 돈이 부족했다. 지수가 다니는 그 이상한 학교는 홍대 근처에 있었다. 주위에 대학이 많아서 그런지 벌써부터 대학물을 먹은 것처럼 왠지 세련돼 보였다.

이번 여름방학에도 언제나처럼 그 섬으로 캠프를 갈 것이다. 배를 타고 한 시간 이상 들어가야 하는 그곳에는 사람들이 별로 살지 않았다. 휴대폰도 잘 터지지 않고 편의점도 없고, 학교도 없었다. 생활하는 건 몹시 불편했지만 이상하게 그곳이 나는 좋았다.

나는 차라리 시설이 그런 외딴곳에 있었으면 가출 따위는 하지 않았을지도 모르겠다는 생각을, 그 섬에 가서 했다. 다른 사람하고 차단된 세계. 학교도 가지 않고, 공부도 하지 않아도 인생의 낙오자가 된 것 같은 씁쓸한 기분 따위는 느끼지 않아도 되는 곳. 해가 떠오르는 것도, 바닷물 속으로 빠져버리는 것도, 볼 수 있는 곳. 그야말로 태양의 인사를 나눌 수 있는 곳이다. 그러면 태양이 언제나 환하게 비추는 게 아니라 어둠 속에 잠겨 있다가 다시 떠오르는 것을 보며, 내 이름을 조금 좋아할 수 있을 것도 같았다.

나사랑, 태양의 인사를 알게 해준 아이.

도대체 어떻게 생긴 아이일까.

환한 햇살이 비추는 것처럼 온몸이 나른해졌다.

"형, 방학에는 뭐 할 거야? 또 맨날 책만 붙들고 있을 거야? 지겹지 않아?"

지수의 말에 몽롱함에서 풀려났다.

"뭐, 할 것도 없잖아?"

"그럼, 또 나갈 거야?"

"몰라."

"형은 나가서도 재미없게 놀잖아. 그러려면 뭐하려고 나가? 힘들게."

지수가 고개를 막 흔들었다.

"형, 여기서 더 이상 신기록 세우지 마. 또 다른 데로 옮기면 안 돼."

미성년자 보호시설이기 때문에 고등학교를 졸업하고 취업을 하면 여기서 나가 독립을 해야 한다. 대학에 가면 계속 지낼 수 있으며 학비도 지원받게 된다. 하지만 대학에 가는 아이들은 거의 없었다.

여기서 독립할 때는 각자 후원금 통장을 받게 된다. 그 돈으로 방을 얻으면 되는데 여기서 오래 살면 살수록 돈이 많아졌다. 누가 누구에게 후원하는지는 비밀이었고, 나갈 때까지는 통장도 보지 못했다.

하지만 내게는 다 먼 얘기였다. 나보다 어린놈들도 벌써 십 년이 넘게 있었다는데 나는 여기저기를 떠돌다가 여기 온 지 이제 이 년 됐다. 학교도 다니지 않으면서 언제까지나 여기 있을 수는 없을 것이다. 아직까지 여기 있게 된 건 내 부모와 연락이 되지 않은 게 가장 큰 이유였다. 다른 시설로 옮기려면 부모의 동의를 받아야 했다. 어딘가에 살아 있지만 연락이 되지 않는 나의 부모. 나야말로 진정한 고아였다.

'불쌍해서 여기 있게 해주는 거래.'

나를 두고 모두들 그렇게 수군거렸다. 부모가 있는데도 연락이 되지 않는 사람은 나 혼자였다. 호적에서 파버리겠다고 했던 아버지였으니까 그렇게 정리했는지도 몰랐다. 우리 부모를 보면 자식을 키우지 못하는 무능이 그렇게 나쁜 것 같지 않았다. 자신의 인생을 위해서든, 아이의 미래를 위한다는 변명이든, 여기에 맡겨야 하는 부모를 이해할 수도 있었다.

"형, 그냥 학교 다녀서 졸업장이나 따. 매일 조퇴해도 되잖아. 아니면 차라리 매일 양호실 가든지."

지수는 그게 뭐 어려운 일이냐고 했다.

"그래, 그래야지."

사회생활을 하기 위한 최소한의 학력인 고졸이 내 인생의 목표가 돼버렸다. 그러면 내 인생은 뭐가 달라지는 걸까.

가끔 이곳에 봉사 오는 어른들이 우리들을 모아놓고 하는 얘기는 언제나 비슷했다. 꿈과 희망을 잃지 말아야 한다고, 꿈은 꾼 대로 이루어진다는, 정말 식상한 얘기들만 했다.

꿈이 꾸는 대로 이루어진다면 여기에 사는 우리들이 이런 꿈을 꾼 것이란 말인가. 여기에 자식을 내팽개치고 간 더 나이 많은 그들의 꿈은 무엇이었단 말인가.

　나는 듣기 좋은 말을 믿지 않았다. 말이란 남에게 잘 보이기 위해 늘어놓는 것에 불과했다.

　자식에게까지는 잘 보이고 싶지 않은 이들이 털어놓은 본심의 말들. "너 때문에 죽겠다", "싹수가 노랗다", "인생 종쳤다", "저걸, 그냥, 죽이지도 못하고", "웬수가 따로 없다" 그런 말들을 듣고 자랐던 아이들은 꿈을 꿀 수가 없었다.

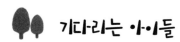 기다리는 아이들

나는 거실의 컴퓨터 앞에 앉아 있었다. 컴퓨터실의 컴퓨터보다는 느리긴 했지만 인터넷은 됐다. 사랑이에게 답장을 쓰지 않고는 견딜 수가 없었다. 로그인을 하고 쪽지함에 들어갔다. 답장 보내기를 클릭했다.

사랑이에게
사랑아.
사랑, 안녕?

첫인사부터 막혔다.

"뭐해?"

우리 방 이모가 빨리 컴퓨터를 끄라고 눈짓했다. 저녁 공부 시간이 됐다. 다들 학년에 맞춰서 방을 옮겨가야 했다. 한 집을 몇 호라고 하지 않고, 사랑의 방, 행복의 방, 이런 식으로 불렀다. 사랑의 방이라 불리는 이 방에는 초등 5학년, 6학년들이 와서 공부했다. 내가 살고 있는 방이 사랑의 방이었다는 걸 알고는 새삼 놀랐다. 우연이지만 사랑이와 뭔가 연결됐다는 게 좋았다.

우리 방에 새로 들어온 이모는 젊긴 하지만 뭔가 부족해 보였다. 아직 일관성이 없었다. 이모들은 솔직한 감정이 우러나오는 것보다는 너무 뜨겁지도 차갑지도 않은 미지근한 물 같은 온도를 유지하는 태도를 갖는 게 좋았다. 그게 아이들과 잘 지낼 수 있는 최상의 조건이었다.

물곰이 제일 먼저 왔다. 문제집을 상 위에 던져놓고 털썩 주저앉았다. 쿵, 하는 소리가 들릴 정도였다. 뾰로통하니 입을 내밀고 있는 게 불만이 많은 것 같았다. 재모 놈이 휘파람을 불며 뛰어 들어왔다. 껌까지 씹으며 건들댔다. 형이 있다는 게 그렇게 대단한지 언제나 의기양양했다.

"야, 이인분 비켜. 혼자 자리 다 차지하냐?"

다른 빈자리도 많은데 재모는 물곰 옆에 앉으며 물곰을 밀쳤다. 물곰의 문제집이 바닥에 떨어졌다. 그래도 물곰은 아무런 대꾸도 못하고 문제집을 주워서 다른 쪽에 올려놓았다. 물곰이 재모 놈을 깔고 앉기만 해도 반쯤 죽일 수 있을 텐데 물곰은 그저 가만히 있었다. 재모 놈의 형 때문에 꼼짝 못하는 것 같았다.

거실에서 컴퓨터를 끄고 있던 내게 애들은 부러운 눈길을 던졌다. 공부도 하지 않고 컴퓨터나 하고 있으니까 얼마나 좋을까, 그런 눈빛이었다. 고등학생인 지수와 영준은 컴퓨터실로 내려갔다. 고등학생은 거기서 공부했다.

나는 컴퓨터를 끄고 방으로 들어갔다. 2층 침대가 있는 방은 답답했다. 각자의 붙박이장과 책상이 있어서 빈 공간이 별로 없었다. 침대에 벌렁 누웠다.

"문제집 풀어. 다섯 페이지만 푼다. 알지?"

매일 똑같은 시간에 그 정도의 문제집을 풀지만 아이들은 마치 벌을 받는 것처럼 억울하다는 듯이 한숨을 쉬곤 했다. 솔직히 말해서 매일 이모가 정해주는 분량의 문제집을 제대로 풀면, 아이들의 성적이 그렇게 일관되게 바닥을 치지는 않을 것이다. 조금 머리 컸다고 공부하지 않겠다고 반항하고, 잔머리를 쓰면서 어떻게든 공부 시간을 면제받고 싶은 중딩들이나 묵묵히 따라하는 초딩들이나 성적이 형편없기는 마찬가지였다.

이모들은 밤마다 동그라미보다는 틀렸다는 세모 표시를 끝도 없이 그려댔다. 그래도 매일 밤, 문제집을 풀어야 하는 고된 수행은 여전히 계속됐다. 다행히도 나는 학교를 다니지 않아서 공부에 대한 의무에서는 면제받았다.

2층 침대가 답답해서 다시 내려와 바닥에 누웠다. 마주 보이는 놈이 낯설었다. 저놈도 새로 들어온 것 같았다. 검정 뿔테 안경에 가르마를 똑바로 탄 게 전형적인 모범생 스타일로 여기 아이들하고는 달라 보였다. 놈은 진지하게 문제집을 풀었다. 공부는 좀 하는 것 같았다.

"너는 왜 풀지 않고 옆 사람 것만 쳐다보냐?"

이모의 짜증 난 목소리가 들렸다.

"하나도 모르겠는데요."

누군가 고개를 돌려보니 역시 물곰, 그놈이었다. 들어온 지 얼마 되지도 않은 놈이 겁도 없이 개기고 있었다. 아직 초딩인 주제에 저러다가는 시설을 전전하는 신세가 될지도 모른다.

더군다나 지금 이모가 얼마나 짜증이 난 상태인지 모르는 모양이었다. 이모가 방에서 데리고 자는 어린아이가 밤새 열 때문에 칭얼거렸고 급기야 응급실까지 갔다 왔다. 밤새 잠을 자지 못한 이모는 오늘은 틀린 문제도 눈감아주고 적당히 시간을 때우다 끝내려고 했을 것이다.

이런 시설은 어린아이들의 세계가 아니라 어른 중심의 세계였다. 이런 집에 사는 아이들에게는 눈치가 필요했다.

"저는요, 수학의 기초가 하나도 없어요."

책장에 기대고 앉아 있는 이모에게 물어보지도 않은 말을 했다.

"뭐라고?"

이모의 목소리가 까칠해졌다.

"저도 수학을 잘하고 싶어요. 어떻게 하면 잘할 수 있을까요?"

이모는 대답 대신 한숨을 크게 쉬었다. 이건 길게 해야 하는 상담이었다. 사무실에는 상담선생님이 한 명 있고 신청을 하면 누구나 상담을 받을 수 있었다. 하지만 자발적으로 원하는 경우는 거의 없었고 문제가 있을 때 강제적으로 일주일, 한 달 단위로 상담을 받아야 했다.

이모는 생각보다 인내심이 강했다. 그래서 나보고 어쩌라고, 하면서 무시할 줄 알았다. 하지만 이모는 물었다.

"무슨 얘기가 하고 싶은 거야?"

아직 이 집의 분위기를 모르고 날뛰는 저놈 때문에 오늘 공부는 이것으로 땡이었다. 조용히 문제집에 코를 박고 있던 아이들은 신나서 죽을 지경이었다. 이모 몰래 휘파람을 불었다.

"너네들 이모가 이따가 채점할 거니까 오늘은 풀기만 해. 방에서 상담할 거니까 조용히 하고."

이모가 드디어 일어섰다.

"따라와."

이모가 일어서는 것과 동시에 나는 후다닥 내 2층 침대 위로 올라갔다. 거실과 제일 가까운 방이라 이리로 들어올 것 같았다. 나는 자는 척 가만히 누워 있었다. 건망증이 심한 이모는 내가 돌아왔다는 것과 방에 있다는 것을 잊어버린 채 들어왔다.

"앉아봐."

이모의 목소리가 피곤에 가라앉아 있었다. 갑자기 이모가 일어서서 내 침대 앞으로 왔다. 이제야 내가 있는 걸 눈치챘다. 자는 나를 깨워서 이 밤에 어디로 보낼 것인가. 괜히 운동장에 나가 있으라고 했다가 또다시 내가 나가버리면 골치 아플 것이다. 그러느니 나를 그냥 놔두는 게 낫다고 생각했는지 아무 말 없이 앉았다.

그리고 내가 물곰의 얘기를 듣는다 해도 뭐 다른 놈들한테 말하는 스타일은 아니었다. 아이들이 물곰을 놀린다면 그건 놈의 쓰레기 같은 가정사가 아니라 돼지 같은 몸 때문일 것이다. 누가 더 나을 것도 없는 개판 같은 가정사가 우리 모두의 공통점이었다.

"왜 무슨 하고 싶은 말 있니?"

이모는 복지사다운 말투를 썼다.

"아니요."

그러면서 녀석은 거실 쪽 눈치를 살폈다.

"그래."

이모의 목소리는 담담했다. 수학 문제집을 채점하고 틀린 문제를 설명해주느니 놈의 얘기를 들어주는 게 덜 피곤한 일인 것 같았다.

"그러면 이제부터라도 열심히 해볼래?"

이모의 목소리가 나른했다.

"네. 제가 수학의 기초를 배울 때, 제대로 배우지 못해서요."

물곰, 말은 잘했다.

"그때는 집에서 학교 다녔을 때 아냐?"

"네. 그런데요. 전학을 일 년에 여섯 번이나 다녔어요."

물곰은 자신이 왜 수학을 못하게 됐는지 여기에 오게 됐는지 얘기했다. 이런 얘기를 너무 하고 싶었는데 할 기회가 없어서 못했던 것처럼 거침없이 말을 쏟아냈다. 여기까지 오기 전, 몇 번 그 얘기를 해야 했을 것이다.

"제가요, 기억은 나지 않지만 병원에서 태어났을 때, 아빠가 빨리 달려오느라고 가스 불을 끄지 않아서 집에 불이 나서 다 타버렸대요."

불운을 안고 태어난 놈.

나와 비슷했다.

그 후 물곰의 엄마와 아빠는 돈을 벌기 위해서 놈을 남의 집에 맡겼다. 일곱 살 때까지. 유치원도 그 집에서 다녔다고 한다. 일곱 살에 엄마가 찾아와서 놈을 데리고 간 곳은 모텔이었다. 엄마는 일을 하러 나가고 놈은 컴퓨터 게임을 하면서 엄마를 기다렸다. 자연히 게임 중독에 빠졌고, 어떨 때는 일주일 동안 잠도 자지 않고 게임만 한 적이 있다고 했다. 밥은 배고플 때마다 식당에서 시켜 먹고 가끔은 자장면, 치킨, 피자도 먹었다. 엄마는 돌아오면 피곤하니까 치킨에 소주를 마시고 잠이 들고 놈은 밤새 게임을 했다.

"그때부터 이렇게 살이 찐 거예요."

놈은 객관적으로 자신을 볼 줄 알았다. 놈은 왜 수학의 기초를 배우지 못하게 됐는지가 아니라 자신의 몸이 왜 이렇게 부풀어 올랐는지 이해시키려는 것 같았다.

다시 엄마와 아빠가 만나서 모텔 생활을 청산하고 한집에 모여 살았지만 빚쟁이들 때문에 자주 이사를 다녀야 했고, 그때마다 전학을 해야 했다. 일 년에 몇 번이나 전학을 다니느라 친구도 사귀지 못하고, 아이들은 뚱댕이라고 놀리고, 울면서 집에 오면 엄마와 아빠는 주먹다짐과 욕설로 싸우고, 그러다가 다시 짐을 싸서 집을 옮겨 다녔다고 했다.

"한마디로 개판이었죠."

놈이 자기 집 상황을 간단하게 정리했다.

"그래."

그러다가 어느 날 학교에서 돌아오니까 엄마가 없었다.

"엄마는 아파서 병원에 입원했다. 병 나으면 그때 집으로 올 거다."

아빠가 놈에게 그렇게 말한 이후 놈은 아직까지 엄마를 보지 못했다. 아빠는 일을 하러 나가면 오래도록 집에 오지 않아서 혼자 생활하며 학교를 다녔고, 어떨 때는 한 달 동안이나 집에 오지 않은 적도 있다고 했다.

엄마 친구가 찾아와서 혼자 생활하기 힘드니까 아동복지 시설에서 살고 있다가 엄마 병이 다 나아서 퇴원하면 그때 엄마와 같이 살면 어떻겠냐고 해서 여기로 오게 됐다고 했다. 아무리 덩치가 커도 밤마다 혼자 자는 건 무서워 밤새도록 텔레비전을 켜놓고 잤고, 제대로 씻지도 않고 빨래도 해 입지 않아 거지가 된 느낌이라서 더 이상 엄마를 기다리지 못했다고 했다.

물곰도 엄마를 기다리고 있다. 나는 아무도 기다리지 않는다. 사랑이에게 답장을 쓸 때, 물어봐야겠다.

사랑아, 넌 누구를 기다리고 있니?

여자 혐오증 🌿

항상 입을 쑥 내밀고 고개를 숙이고 다니는 초등학교 3학년 놈이 현관 구석에 쭈그리고 앉아 있었다. 그놈도 내가 없는 동안 새로 들어왔다. 아직 적응하지 못한 티가 확 났다. 여기서 나가는 놈보다는 새로 들어오는 놈들이 더 많았다.

낮 시간엔 아이들도 없는데 이모와 한집에 있기도 그래서 주로 놀이터 그네에 앉아 있을 때가 많았다. 그러면 조금 있다가 저학년 초딩들이 왔다. 그러면 뺑뺑이도 밀어주고 그네도 태워주곤 했다.

공익이 있을 때는 컴퓨터실이 자주 열려 있었는데 지금은 이러닝 수업 시간을 빼고는 닫혀 있었다. 항상 머릿속으로는 사랑이에게 쓸 답장을 생각했다. 사실은 쓸 말이 없었다. 얼굴도 모르고 누군지 모르는 아이에게 할 말이 없는 게 당연했다. 그깟 쪽지에 답장 하나 보내지 않았다고 뭐 그렇게 나쁜 놈이 되는 것도 아니다. 난 원장님한테도 인사를 하지 않는 싸가지 없는 놈으로 찍혀 있다. 하지만 나도 사랑이처럼 멋진 얘기를 써서 보내주고 싶었다.

오늘은 아직 아무도 놀이터에 나오지 않았다. 그놈은 운동장 옆, 출입구를 쳐다보다가 고개를 무릎 사이에 파묻었다. 드디어 아이들이 뛰어나왔다. 손에는 줄넘기가 하나씩 들려 있었다. 학교 체육 시간에 줄넘기 시험이 있는 모양이었다.

옆방 이모도 아이들처럼 줄넘기를 들고 나왔다. 이모는 그늘진 현관 앞에서 줄 없는 줄넘기를 했다. 살 좀 빼볼까 하는 다이어트 용으로 산 거겠지만 뛰는 폼이 영 아니었다. 그렇게 뛰어본들 가슴 아래부터 나온 뱃살과 반바지 아래 튼실한 무 다리는 그대로일 거였다.

"너, 여기 왜 이러고 있어? 너도 줄넘기 가지고 와."

이모가 혹시라도 줄넘기하다가 그놈을 밟게 될까 봐 물러서며 말했다. 그놈은 대답하지 않았다. 이모는 계속 팔을 돌리고 뛰면서 그놈을 쳐다봤다.

"너, 어서 일어나."

그래도 그놈은 꼼짝하지 않았다. 벌써부터 숨이 찬 이모는 숨을 몰아쉬며 그놈 앞에 멈춰 섰다.

"내 말 안 들리니?"

약간 열 받았는지 이모가 허리에 양손을 올렸다.

"쟤는 이모랑 말 안 해요."

다른 놈이 옆으로 와서 말했다.

"여자랑은 말 안 한대요."

"뭐?"

이모는 어이없다는 표정이었다.

"학교에서도 여자 선생님이랑 여자애랑은 절대 얘기 안 해요."

진짜 이상한 놈이었다. 이제 초등학교 3학년 놈이 벌써 여자 혐
오증이라도 있다는 건지 웃음이 나왔다. 저 이모가 저놈에 대해서
모르는 것으로 봐서는 새로 온 생활지도사인 것 같았다. 나는 아
직도 생활지도사 이모들의 얼굴을 다 몰랐다. 24시간 교대로 돌아
가고 방마다 다른 이모가 있어서 얼굴을 마주치지 않으면 모르는
경우도 있었다.

"여자를 혐오해!"

그놈이 이모를 향해서 소리쳤다. 머리에 피가 마르기는커녕 젖
살이 남아 있는 어린아이의 입에서 나온 말에 이모는 물론 나까지
뜨악해졌다.

"여자는 다 징그럽고 무서워!"

그놈은 울먹이며 소리쳤다. 유난히 검은 눈동자에 물기가 촉촉

히 배어 있었다. 목소리는 가늘어서 여자아이 같은 놈이, 여자한테 지독한 배신을 당한, 인생을 살 만큼 산 애늙은이 같은 말을 했다. 이모는 가만히 놈을 들여다보았다. 더 이상 살 빼겠다고 뭘 기분이 아닌 것 같았다.

놈의 여자에 대한 저 확고한 생각은 나와 같았다. 나의 엄마라는 여자는 독했다. 한 번도 나를 찾아오지 않았다. 그래도 가끔이라도 내 생각이 나지 않을까. 십 년이 넘도록 연락이 없다면 죽은 걸까. 더군다나 아버지는 재혼을 하면서 나를 시설에 맡겼는데, 어떻게 한 번도 찾아오지 않는 걸까.

엄마가 나를 데려다가 같이 사는 건 바라지도 않았다. 엄마도 새 인생을 살아야 하니까.

가끔, 엄마를 만나러 가는 놈들이 부러웠다. 엄마와 저녁을 먹고 영화를 보고 들어왔다. 그런 날에는 놈들의 얼굴에서 빛이 났다.

저놈이 말하는 혐오스럽고 징그럽고 무서운 여자는 아마도 제 엄마일 것이다. 저 불신의 표현은 제 아빠의 입에서 나온 말을 따라 했을 것이다. 제 엄마한테 하는 욕을 따라 배운 놈. 애들은 부모의 거울이니까.

이모는 놈을 그대로 내버려둔 채 사무실로 들어갔다. 놈이 한 말을 그대로 원장님에게 전할 게 뻔했다. 여기서 일어나는 모든 일은 원장님이 알아야 했고, 원장님의 결정에 따라야 했다.

놈은 울먹하는 표정으로 일어나서 들어가 버렸다. 아이들은 줄넘기를 팽개쳐버리고 축구를 시작했다. 여기 있는 아이들은 시간만 나면 축구를 했다. 어린아이들도 중학교 놈들도 공을 찼다. 그래서 거의 대부분 장래 희망이 축구선수였다.

"축구는 그냥 취미로 해. 축구를 직업으로 하는 건 프로선수잖아. 그건 너무 어려워."

컴퓨터실에서 아이들의 희망사항을 쪽지로 받아본 이러닝 선생님이 그렇게 말한 적도 있었다. 아이들은 그 말이 끝나기 무섭게 자기가 얼마나 축구를 잘하고 좋아하는지, 시합을 할 때마다 몇 골을 넣고, 얼마나 잘 막아내는지 핏대를 세우며 말했다.

"그래, 알았어. 꿈을 가져야지."

선생님은 화난 아이들을 달래느라 진땀을 뺐다.

그날, 선생님은 개인 상담을 하면서 다시 장래 희망과 꿈에 대해서 물어봤다. 축구선수가 되겠다던 아이들은 정말 나중에 커서 어떤 일을 하고 싶으냐는 질문에 대답하지 못했다.

"몰라요."

아직까지 진지하게 생각하지 않았고, 아니 생각하고 싶지도 않았던 질문에 아이들은 저마다 회피했다. 의자를 흔들고, 발을 떨고, 목을 돌리고, 손가락을 꺾고, 손톱을 물어뜯고, 다른 데를 쳐다보면서 몸을 비틀었다.

"그냥 김밥천국 같은 데서 일하고 싶어요."

중학교 3학년인 놈이 말했다.

"진짜야?"

선생님은 실망스러운 표정을 애써 숨기고 물었다.

"거기서 알바 하는 형들 보면 좋아 보여요."

"빨간 앞치마 두르고 일하는 게 좋아 보여?"

선생님은 이해할 수 없다는 듯이 고개를 낮게 숙이고 그놈의 얼굴을 들여다봤다. 뭔가 다른 대답을 강요하는 표정이었다.

"아니면 시골에 가서 농사지으며 살고 싶어요."

"정말로?"

그놈은 그렇다고 했다.

"저 진짜 꿈이 전원생활 하는 거예요. 돈 벌어 땅 사서 거기에다가 농사짓는 거예요."

"그래. 그것도 좋지."

그 정도는 그래도 괜찮다고 수긍하는 선생님의 표정이 조금 밝아졌다.

나는 내 꿈이 뭐냐고 물을까 봐, 몰래 컴퓨터실을 나와버렸다.

벌써부터 중증의 여자 혐오증에 걸린 그놈을 찾는 방송이 나왔다. 사무실을 슬쩍 들여다보니까 아직 놈이 내려오지 않은 것 같왔다. 계속 사무실 앞에서 기웃거릴 수 없어서 현관 밖으로 나왔다. 그때서야 힘없이 천천히 계단을 내려오는 놈이 보였다. 놈은 사무실로 들어가고 곧 원장님을 마주하고 앉았다.

원장님의 얘기를 놈은 고개를 숙인 채 듣고 있었다. 비록 할머니이지만 원장님도 여자였다. 원장님 말은 잘 듣고 있었다. 놈은 곧 상담실로 들어갔다.

나는 밖으로 나와 놀이터에서 나의 지정석 같은 그네를 타고 앉았다.

"우리 시합하자. 누가 더 오래 참을 수 있나."

축구에 싫증이 난 아이들 몇 명이 왔다. 아이들은 뺑뺑이 시합을 시작했다. 가위 바위 보를 해서 제일 먼저 진 놈이 올라탔다. 그리고 나머지 두 명이 돌려대기 시작했다. 한 놈은 숫자를 세기 시작했다. 쳐다보기만 해도 어지러웠다.

"형, 이거 더 세게 돌려줘."

한 놈이 내게 부탁했다.

"어, 그래?"

나는 얼떨결에 내려와서 있는 힘껏 뺑뺑이를 돌렸다. 돌리는 놈들은 신이 나서 낄낄거렸고 안에 탄 놈은 살려달라고 난리를 쳤다.

"안 돼!"

신이 난 아이들은 더 세게 돌렸다.

"형, 더 빨리!"

"살려줘, 토할 거 같아."

나는 뺑뺑이를 잡고 세웠다. 안에 있던 놈이 내려오더니 바닥에 누웠다. 놈은 인상을 쓰고 옆으로 몸을 돌려서 헛구역질을 했다. 아이들은 혹시나 누구한테 혼날까 현관 쪽을 쳐다봤다. 그때, 그놈이 현관 앞 그 자리에 쭈그리고 앉아 있는 게 보였다. 벌써 상담이 끝났나 보았다.

"아빠, 기다리는 거래."

아이들이 그놈을 가리키며 말했다.

"아빠가 금방 데리러 온다고 했대."

"쟤네 엄마, 자살했대. 집에서. 쟤가 엄마 자살하는 거 다 봤대. 그래서 무서워하는 거래."

이모들이 하는 말을 들은 놈이 지껄였다.

"진짜?"

"그렇다니까"

"무서웠겠다."

자식이 보는 앞에서 그런 짓을 하는 부모는 도대체 어떤 마음일까. 그런데 왜 그놈의 아버지는 그놈을 여기로 보냈을까.

여기에서 살다 보면 세상의 부모들이 모두 훌륭하고 존경받을 만한 사람들이 아니란 걸 금방 알게 된다. 이 세상에 존재하는 그

많은 시험 중에서 왜 부모가 되기 전에 치러야 하는 것은 없는 걸까. 취업을 위한 면접과 인성 테스트처럼 부모가 되기 위한 사람들도 일정한 자격과 인격을 갖추었을 때만 통과되는 그런 시험은 왜 없는 걸까. 왜 아무나 자식을 낳아놓고, 자식의 인생을 망쳐버리게 하는 걸까.

나는 어른이 되는 게 두렵기도 하다. 내가 어떤 어른이 될지 그림이 떠오르지 않는다. 멋진 어른의 모습으로는 상상이 되지 않는다. 차라리 그냥 이대로 이 나이에서 멈추어버렸으면 좋겠다.

나는 세상 바깥 저 어른들의 세계에 나가서 당당하게 잘살 수 있을지 자신이 없었다. 여기 이 집에서 언제까지나 살 수 있으면 좋겠다. 그런데도 나는 왜 끊임없이 여기를 뛰쳐나가는 걸까.

간식 시간이라고 애들이 뛰어 들어갔다. 치킨이라고 좋아했다. 여기 간식은 좋았다. 우유도 플라스틱 통에 든 고급 우유가 나왔다. 사무국장님이 아무리 후원이 줄었다고 외부 사람이 방문할 때마다 걱정스럽게 말해도 때만 되면 많이 들어왔다. 명절이나 크리스마스에는 과일 박스와 쌀자루, 선물 박스가 넘쳐났다.

특히 크리스마스가 절정이라서 컴퓨터실 천장까지 후원 물품이 가득 찼다. 그런 날이 되면 원장님과 국장님은 바빴다. 현관 앞에 선물 박스를 쌓아놓고 기부한 사람들과 활짝 웃으며 사진 찍고 박스를 쌓아두느라 땀을 흘렸다. 기부를 하는 단체도 인증 샷을 여러 각도에서 몇 번이나 찍었다.

평소에도 여기로 봉사하러 오는 단체가 많았는데 현관 앞에서 인증 샷을 먼저 찍었다. 자기가 다니는 회사의 이름이 새겨진 티셔츠나 조끼, 앞치마를 똑같이 맞춰 입고 사진을 찍는 그들의 얼굴에는 자부심이 보였다. 그래도 이곳에 봉사 활동을 하러 올 정도의 회사에 다니고 있다는 것만으로도 대단했다. 시청이나 구청 등 정부 부처, 통신회사 등 대기업에 다니는 사람들이 많이 왔다. 사람들이 말하는 중산층 부류였다.

사랑이가 보내준 사진에 있는 그 푸른 바다로 태양의 인사를 보러 갈 수 있는 사람들이었다. 나는 아직도 사랑이의 쪽지에 답장을 하지 못하고 있었다. 나도 사랑이에게 멋진 걸 얘기해주고 싶었다.

그런데 사랑이라니……. 사랑은 내가 제일 싫어하는 말이기도 했다. 사랑은 언제나 오래 참고, 이따위 노래는 참아줄 수가 없다. 그러고 보면 나는 몹시 부정적이고 어둡다. 내가 계속 이런 어둠을 안고 살아간다면…….

사랑이의 말대로 태양의 인사를 보러 가야 되지 않을까. 그래서 내 안의 어둠을 밝게 비칠 수 있는 태양의 에너지를 충전해 와야 하지 않을까. 그러면 내 인생도 희망이라는 게 생기지 않을까.

다시는 집으로 돌아가지 않을 거야

　새로운 놈이 또 들어왔다. 이놈은 키가 크고 한 덩치 했다. 고작 중학교 1학년이라는데 고등학생처럼 보였다. 뭐가 그리 좋은지 싱글벙글거렸다. 여기에 들어온 것이 그렇게 좋은 건지, 저렇게 웃는 놈은 처음이었다.

　"형, 안녕?"

　방에 들어서자마자 손을 흔들며 알은체를 했다. 내가 몇 살인지는 주워들은 모양이었다. 체격으로 봐서는 내가 동생 같았다. 나는 알은체하지 않았다.

　"와, 좋은데."

　놈은 수다스러웠다.

"난 1층. 2층에서 자면 떨어질까 봐 무서워."

놈은 2층 침대를 보고 말했다. 나야 뭐 상관없었다. 어차피 난 2층에서 잤고 1층은 비어 있었다.

"짐은 없어?"

이모가 짐 정리를 도와주려고 따라와서 물었다.

"없어요. 집에서 도망쳐 나와서 아무것도 가져오지 않았어요."

갑자기 싸한 정적이 흘렀다.

"알았어."

침대의 수에 맞추어 붙박이장도 딸려 있어서 자기 게 다 따로 있었다. 놈도 붙박이 옷장을 하나 차지했다.

베란다로 나가서 창밖을 쳐다보며 휘파람까지 부는 놈은 여기서 지내게 된 게 마음에 드는 건지 신나 보였다. 마지막으로 베란다까지 둘러본 놈이 다시 방으로 들어왔다.

"야, 너 왜 집에서 도망쳤어?"

나는 궁금했다. 집을 버리고 도망쳤다는 놈은 처음이었다. 집이 없어져서, 살 곳이 없어서 여기서 살게 된 놈들이 많았다. 언젠가 집이 생기면 여기서 나가 자기 집에서 살 거라는 희망들이 있었다.

처음에는 그 희망이 컸지만 시간이 흐르면 여기에 적응되고, 집으로 돌아가지 못할 수도 있다는 현실을 깨닫게 된다. 그리고 사실은 집이 문제가 아닐 수도 있다는 생각이 들기도 한다. 다시 집으로 돌아가는 몇 안 되는 아이들도 있었다. 그렇다고 그 집에서 갑자기 행복하게 잘살게 됐는지는 모르겠다.

"아빠가 때려서. 존나 짜증 나. 동생은 안 때리는데 맨날 나만 때려. 그래서 도망쳤어."

놈은 말이 짧았다. 나이가 몇 살이나 아래인데 처음부터 반말을 쓰다니, 아주 제대로 가르쳐주어야 했다. 예전 같으면 뼈도 못 추렸을 것이다. 저걸 확 군기를 잡을까 하다가 그만두었다. 웃는 얼굴에 침 못 뱉는다고, 아무 생각 없이 웃는 놈이 그다지 기분 나쁘지는 않았다.

놈의 집은 여기에서 한 시간이면 충분히 갈 수 있는 거리였다. 하기는 여기 있는 아이들의 집이었던 곳은 모두 이 도시 안에 있었다. 홍제동, 구로동, 마천동, 상계동, 불광동, 영등포. 한 도시에 있지만 마치 딴 세계에 사는 것처럼 보통 아이들과 너무도 다르게 살았던 우리들이었다.

놈은 집에서 도망쳐 임시 보호센터에 있다가 이곳으로 왔다고 했다. 여기 오기 전까지 아마 놈을 때리는 게 일상이었던 아버지의 면담과 동의가 있었을 것이다. 그럼에도 불구하고 놈의 아버지는 주택 2층의 옥탑방으로 놈을 데려가지 않은 것이다. 놈이 아무리 집에 가기 싫다고 해도, 놈의 아버지가 앞으로 절대로 때리지 않겠다, 잘 키우겠다는 각서를 쓰면 놈은 집으로 돌아갈 수도 있었을 것이다. 아니면 놈이, 아버지의 그 폭력과 술주정과 욕설에서 벗어나기 위해서 끝까지 집으로 가지 않겠다고 버텼을 수도 있었다.

나는 놈에게 어느 게 진실이냐고 물어보지는 못했다. 놈의 웃는 저 얼굴이, 여기 있는 다른 아이들과 너무나 다른 저 쾌활함이 진짜인지 아직 모르겠다.

여기서 적응하지 못해서 몇 달 만에 나간 초딩 놈이 있었다. 늘 금방이라도 울음이 터질 것 같았다. 그놈의 얼굴만 봐도 다시 집으로 돌아가고 싶다는 걸 누구나 알 수 있었다. 그놈의 아버지가 그놈을 데려가기 위해 사무실로 들어섰을 때, 모두들 놀라서 입을 다물지 못했다. 알코올 중독으로 떨리는 손, 불안하게 흔들리는 눈빛, 초점 없는 눈동자. 알코올 중독으로 당장 병원에서 격리 치료를 받아야 할 환자 같았다. 그래도 놈은 그런 아버지가 좋다고 따라나섰다. 사무실에서 원장님과 면담을 하던 나는 놈의 아버지를 보고, 그놈이 몹시 걱정됐다.

왜 여기는 나쁜 아버지의 아들만 모여 있는 걸까.

세상의 아버지는 다 그런 것일까.

좋은 아버지는 어떤 사람일까.

나는 나중에 어떤 아버지가 될까.

아, 여기까지 생각해도 아득했다.

나쁜 아버지 대신 좋은 엄마만 있어도 알코올 중독 아버지를 따라가지 않아도 됐다. 내가 아버지가 된다는 상상은 너무 어려웠다. 어떤 여자가 나 같은 놈하고 결혼하려고 할까.

이럴 땐 담배를 피우고 싶었다. 하지만 여기서는 피울 수 없었다. 아직 어린애들에 대한 최대한의 배려였다. 담배는 애들이 보지 않는 곳, 시설 밖에서만 피우자는 게 우리 흡연자들의 무언의 합의였고 전통이기도 했다.

저 바보처럼 웃는 놈이 쓰게 된 침대의 원래 주인은 집으로 돌아갔다. 들어온 지 얼마 안 돼서 나갔는데 고모네 집으로 갔다. 매일 러닝 과제를 잘해서 선생님께 칭찬받았던 놈이다. 고모가 아니라 할머니 같긴 했지만 그 늙은 고모는 자신의 핏줄이 더 이상 여기 있게 할 수 없다고 데려가겠다고 했다. 그 고모와 같이 놈의 아버지도 함께 왔었다. 늙은 고모의 손을 잡고 가는 놈의 뒤를 따라가는 놈의 아버지는 한눈에 봐도 무능력하고, 좋은 아버지로는 보이지 않았다. 술을 먹으면 달라지는 내 아버지와 비슷해 보였다.

아버지는 내게 무슨 짓을 저질렀는지 기억이나 할까.

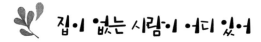 집이 없는 사람이 어디 있어

내가 생각해도 난 바보스럽기만 하다. 그까짓 쪽지 답장이 뭐기에 몇 날 며칠을 망설이고 고민하고 있는지 모르겠다. 사랑을 받지 못했던 내 어둡고 그늘진 얼굴이 사랑이라는 여자아이에게는 몹시 인상적이었던 것일까.

사랑이라는 이름을 지어준 부모라면 적어도 사랑의 결핍으로 몸과 마음이 더 이상 자라지 못하게 하는 불행을 겪게 하지는 않을 것이다. 하지만 사랑이는 시설에 살고 있다.

또래보다 유난히 작은 체구 때문에 얻어맞고 괴롭힘을 당했던 시간이 내 유년이었다. 학교에서만 그런 게 아니라 집에서도 맞았다. 집에서는 훨씬 더 공포스러웠다. 술병이 깨져 유리 조각들이

박히고 피가 흘러내렸다. 그 당시, 옆방에는 우리 반 아이가 살았다. 아이들과 엄마들 사이에 소문은 빠르게 흘렀다.

학교에선 선생님도 나를 무시했다. 공부를 못하고 왕따를 당하는 나는 학교가 지옥이었다. 학교만 가면 머리가 아프고 속이 울렁거렸다. 제정신이 아니었다. 그때부터 학교 울렁증이 시작됐다.

아버지가 나를 시설에 맡겼을 때, 초등학교 2학년이었다. 집이 아닌 시설에서도 난 계속 맞고 따돌림 당하면서 어린 시절을 보냈다. 나이가 들어가면서는 나보다 어린것들도 나를 무시했다. 내가 깡다구가 있거나 독종이었다면 그렇게는 당하지 않았을 것이다. 나는 참고 조용하게 지냈다. 그러다가 가슴이 답답하면 가끔 밖으로 나갔다. 시설을 나와서 바깥세상으로 떠돌아다녔다. 내가 좀 더 키가 크고 덩치가 있었더라면 눈에 덜 띄었을 텐데, 작은 아이가 밤늦도록 돌아다니기에 세상의 불빛은 너무 밝았다.

어디로 갔는지 모르는 나를 찾아서 땀을 흘리며 쫓아다닌 건 내 부모가 아니라 시설의 사람들이었다. 시설의 한 원생이 도망가 버림으로써 책임져야 할 복잡한 여러 일들 때문에 나는 늘 골칫거리였다. 내 부모라는 그들은 내가 시설에서 나갔다는 것도 모를 것이다. 그들은 내가 어느 날 갑자기 죽어도 모를 것이다.

학교에서 내 존재는 금방 드러났다.

시설에 사는 이상한 아이.

부모가 없는 게 아니라 부모가 버린 아이.

어쩌면 그럴 수 있는지 이해할 수 없는, 인간 같지 않는 인간의 아이로서 대접받았다. 물론 시설의 모든 아이가 나 같지는 않았다. 정말로 부모가 죽어서 없는 아이가 딱 한 명 있었다.

원재는 그야말로 부모도 없고 형제도 없는 고아였다. 어쩌면 먼 혈육이 있지만 외면해버렸을 수도 있었다. 그래서였는지 얼굴에는 그런 불행의 상징인 듯 길게 세로로 흉터가 나 있었다. 칼에 베인 듯한 상처였다. 보는 사람으로 하여금 그 상처는 뭐야, 하고 물어보게 할 정도로 호기심을 자극했다. 하지만 그놈은 언제나 그 질문을 모른 척했다.

씩씩한 놈이지만 한 번 꼴통을 부리면 아무도 못 말렸다. 이모들은커녕 국장님, 원장님 말도 듣지 않았다. 그래, 나는 이 세상에 아무도 없다, 그래서 어쩔 건데, 그런 식으로 막무가내로 덤벼들었다. 그러면 모두 무서워서 물러났다. 제풀에 가라앉기를 기다리는 수밖에 없었다. 아무리 힘이 세고 학교에서 일진이라는 형들도 무서워하지 않았다. 그래서 놈을 아무도 건드리지 않았다.

그래도 아이들은 뒤에서는 부모 없는 아이라고 원재를 깔보았다. 부모가 없는 것보다는 부모에게 버림받은 게 더 나은 것이라고 생각하는 이상한 아이들이었다. 부모가 키울 능력이 없는 게 조금 나은 것으로 위안을 받는 것인지도 모르겠다.

그날, 학교에서 고아 새끼라는 말을 들으며 맞던 날, 나는 내 인생에서 학교는 끝이라고 생각했다. 나는 시설로 가지 않고 다시 길거리로 나섰다. 햇볕은 쨍쨍했다.

다른 아이들은 학교 수업이 끝나기를 기다렸다가 무슨 신나는 일이라도 있는 것처럼 후다닥 뛰쳐나갔다. 학원으로, 집으로, PC방으로, 운동장으로 달려가는 아이들처럼 나도 어디론가 달려가고 싶었다.

나도 교문 밖을 달리기 시작했다. 거추장스러운 가방은 길거리에 던지고 달렸다. 숨이 차고 땀이 나고 목이 말랐다. 햇볕이 너무 뜨거웠다. 가슴이 탁 트이게 시원한 트림이 나오는 캔 콜라가 간절히 마시고 싶었다.

그 슈퍼는 변두리에 있는 작은 구멍가게였다. 흰 러닝셔츠를 입은 아저씨는 파리채를 휘두르며 낡은 텔레비전을 보고 있었다. 점심때 된장찌개를 먹었는지 희미한 된장 냄새가 배어 있었다.

나는 사실 사람들이 말하는 개념 없는 아이였다. 음료수 냉장고에서 캔 콜라를 집어서는 그냥 그 자리에서 벌컥거리며 마셔버렸다. 짜릿하고 행복한 순간이었다. 빈 캔을 구겨서 쓰레기통에 던졌다. 돈이 없다는 생각은 하지 못하고 그대로 밖으로 나오려고 했다.

"야, 임마, 돈 안 내?"

파리채를 든 아저씨가 화를 냈다.

"돈 없어요."

나는 당당하지도 않고 그렇다고 주눅 들지도 않은 목소리로 말했다.

"뭐? 너 집이 어디야?"

아저씨가 멱살을 잡았다.

"없어요."

"뭐? 세상에 집이 없는 사람이 어디 있어?"

아저씨는 내가 거짓말을 한다고 생각하는 것 같았다. 정말 나는 집이 없었고, 내가 살고 있는 시설이 집이라는 생각도 들지 않았다.

"니네 엄마 아빠한테 전화해야겠다. 전화번호 말해!"

"몰라요."

"모른다고? 쪼그만 놈이 벌써부터 도둑질이야. 애비 에미가 어떻기에 애가 벌써부터."

아저씨는 내 멱살을 잡고 슈퍼 안으로 끌어들였다.

"전화번호 대. 안 그러면 경찰 부른다."

아버지가 나를 버려두고 간 뒤, 나는 집에 가본 적도 없고, 아버지의 휴대폰 번호도 집 번호도 몰랐다. 사무실에서는 알고 있었지만 아버지는 나한테는 가르쳐주지 말라고 했다. 혹시 무슨 일이 있으면 그때나 연락하라는 얘기를 나는 들었다.

나는 시설의 전화번호를 불렀다. 그리고 멱살을 잡힌 채 아저씨가 통화하는 것을 들었다.

"뭐라고요? 거기가 어디라고요? 아동복지시설? 아, 그래요. 그러면 와서 데리고 가세요."

아저씨는 전화기를 내려놓더니 내 얼굴을 빤히 쳐다보았다. 멱살은 풀어주었다.

"몇 살이냐?"

나는 대답하지 않았다.

"부모가 없어?"

아저씨가 또 물었다.

"있어요."

나는 대답했다.

아저씨의 표정이 그러면 그렇지, 하는 듯했다. 차를 타고 남자 복지사가 금방 왔다. 그래서 아저씨한테 네 부모는 왜 너를 같이 데리고 살지 않고 그런 곳에 맡겨서 도둑놈으로 자라게 했냐는 말 따위를 듣지 않았다. 복지사가 선물용 음료수 한 박스를 사는 것으로 사건을 마무리했다.

나의 가출이 처음은 아닌데 드디어 아버지가 나를 찾아왔다. 그동안 아버지는 말쑥해졌다. 술 먹으면 살림을 때려 부수고 부인과 아이를 때리던 남자가 아니었다. 언제나 풍기던 술 냄새 대신 스킨 냄새가 났다. 이렇게 사람이 달라질 수 있나. 순간 잠깐 엄마가 생각났다. 아버지가 이렇게 달라질 수 있다는 걸 알았다면 엄마는 도망치지 않았을까.

지금 같이 사는 여자와 그 사이에 태어난 여자아이, 그리고 엄마와 낳은 여동생. 난 한 번도 본 적 없는 이복동생과 함께 단란한 가정을 이룬 아버지는 평범한 가장이 돼 있었다.

"집으로 가고 싶어?"

아버지가 퉁명스럽게 물었다.

"아니."

정말, 집으로 가고 싶지 않았다.

"그러면 여기서 제대로 있어. 또 한 번 도망치면 다시는 보러 오지 않을 거다."

아버지가 눈을 부라렸다.

'아버지가 보러 오지 않아도 괜찮아. 내가 보고 싶은 건 엄마야.'

그렇게 말하고 싶었지만 하지 못했다.

"내일부터 학교 가라."

아버지가 윽박질렀다.

"벌써부터 지랄이면 어떡해. 싹수가 노랗지만 초등학교는 다녀야 할 거 아냐?"

아버지는 일어섰다. 여동생의 안부를 물어보려다가 그만두었다. 여동생은 너무 어려서 나쁜 기억은 다 잊어버린 모양이었다. 아니면 새엄마가 친엄마인 줄 알지도 몰랐다.

아버지는 또 가출하면 부모 자식의 연을 끊어버리겠다고, 호적에서도 파버릴 테니까 알아서 하라고 했다. 정말 그렇게 됐다.

그 이후로 아버지는 나를 보러 오지 않았을 뿐만 아니라 연락도 끊어버렸다. 이번에도 국장님은 아버지한테 연락했으나 성공하지 못했다. 아버지가 떠넘기듯 알려준 엄마의 전화도 안 되긴 마찬가지였다. 나한테 말하지 않아도 다 알 수 있었다.

그날, 아버지를 마지막으로 만난 날, 아버지의 말에는 따뜻함이 없었다. 나는 호적이고 주민등록이고 그런 게 중요하지 않았다. 아버지가 나를 싫어하는 이유가, 나를 조금도 생각하지 않는 이유가 무엇인지 생각했다.

아버지와 살았던 십 년도 채 되지 않는 시간들 중 내 기억에 남아 있는 건 내가 아니라 아버지였다. 나를 사랑하지 않는 아버지. 매일 술을 마시고 벌건 눈으로 죽일 듯이 쏘아보고, 욕을 하고, 엄마를 때리고, 나를 집어던지고. 사랑 같은 건 정말 없었다.

내가 아버지에게 무엇을 잘못했던 것일까.

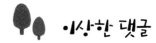 이상한 댓글

다시 이러닝 하는 날이 돼서 컴퓨터실로 내려오라는 방송이 나왔다. 방송을 듣자마자 얼른 뛰어 내려갔다. 컴퓨터실 문을 열자, 뒷자리에는 벌써 초딩들이 한 자리씩 꿰차고 앉아 있었다. 이놈들은 방송이 나오기 전부터 미리 복도에 줄을 서 있었던 모양이다. 선생님은 그런 아이들 때문에 기분이 좋아 보였다. 마치 자기를 기다린 것처럼 착각을 했다.

"앞으로 나와서 앉아라."

선생님이 말해도 소용없었다. 뒷자리 아이들은 로그인을 이미 했다, 앞자리는 되는 컴퓨터가 없다, 선생님 가까이에 앉기 싫다는 등 마음대로 지껄였다. 한마디로 선생님이 무섭지도 않고 만만하다는 거였다. 선생님도 뭐, 그래, 어쩔 수 없다는 표정으로 더 이상 강압적으로 하지 않았다.

컴퓨터를 켠 아이들의 눈빛이 반짝거렸다. 방에도 물론 컴퓨터가 있지만 더 나이가 많은 중학교 고등학교 형들 때문에 마음대로 쓰지 못했다. 나는 뒷자리 대신 중간, 창가 자리에 앉았다.

로그인을 하고 쪽지를 확인했다. 선생님이 보낸 것만 있었다. 사랑이가 보낸 것은 없었다. 내가 답장을 하지 않았으니 사랑이가 다시 보내지는 않을 것이다. 정말이지 무슨 말을 써야 할지 모르겠다.

트위터에 들어가 봤다. 벌써 초딩들이 도배질을 해놨다. 공부는 죽어라고 하지 않는 놈들이 트위터에는 엄청 글을 써댔다.

"트위터에 욕설이나 이상한 글 남기면 해피머니 감점, 세 번이면 아웃. 아이디 삭제다, 알겠지?"

"네, 네, 알겠어요. 마음대로 하세요."

이모들한테는 고분고분한 놈들이 저 선생님한테는 말을 함부로 했다.

"내가 너네들 욕설 지우느라 팔이 다 아프다."

선생님은 일어서서 애들을 쩨려보았다.

"야, 야, 들었지. 우리가 쓴 욕 지우느라 팔이 아프대. 오늘은 열 개씩만 쓰자."

그놈, 재모가 일어서서 깐죽거렸다. 선생님은 가만히 재모를 바라봤다. 그리고 조용히 불렀다.

"왜요?"

놈은 퉁명스럽게 대답했다.

"선생님이 부르면 네, 하고 대답해야지 왜요가 뭐야?"

선생님의 목소리가 조금 강해졌다. 순간 눈치가 빠른 아이들은 고개를 숙이고 조용해졌다.

"이리 나와."

선생님이 소리쳤다.

"싫은데요."

놈은 버텼다. 애들은 숨죽인 채 어떻게 될까, 주시하고 있었다. 나는 트위터에 어떤 욕설들이 올라왔는지 들어가 봤다. 뭐, 유치하고 별것도 없는 그저 그런 말장난이었다. 다른 시설 아이들과 한 판 붙겠다는 글이 있었지만 조금 있으면 삭제될 게 뻔했다. 그러다가 이상한 글이 눈에 들어왔다.

님, 제발 저랑 친구가 되어주세요.

공부 잘하는 찬영이가 쓴 글이었다. 트위터에는 실명으로 글이 올라갔다. 다른 시설의 여자아이 글에 댓글로 달려 있는 이게 내

눈에 확 띄었다. 찬영이는 아직 중학생이라 휴대폰이 없지만 여자아이가 휴대폰 번호를 알려주면 전화를 하고, 또 쪽지를 교환하자는 의미였다. 찬영이의 애달픈 구애에도 그 여학생의 댓글은 달려 있지 않았다.

찬영이는 여기서 제일 공부 잘하는 중학생 놈이었다. 모범생의 표본이었다. 공부도 잘하고 이모들 말도 잘 듣고, 기대를 받고 있는 놈이었다. 초등학교 3학년 때부터 여기서 살았는데 얼굴은 평범하지만 깔끔한 샌님 같은 인상이었다. 키는 큰데 굉장히 말랐다. 그래서 애들은 말라깽이라고 불렀다. 팔다리는 뼈만 있는 것 같고 뱃가죽은 오히려 안으로 들어가서 등이 휘어 구부정하게 걸어 다녔다. 찬영이의 글에서 눈을 뗄 수가 없었다. 왜 이렇게 내 기분이 이상한지 알 수 없었다.

재모는 앞으로 나가 선생님 옆에 앉아 있었다. 선생님한테 뭔가 얘기도 하고 말을 듣기도 했다. 꼬랑지를 확 내린 분위기였다. 뻔했다. 원장님한테 말한다, 이 말이면 됐다. 재모가 양손을 치켜세우고 까불며 다시 자기 자리로 가고 있었다. 선생님이 이번엔 나를 불러냈다. 할 수 없이 앞으로 나갔다.

"잘 지냈어?"

"네."

"학교 안 가니까 시간 많아서 심심하겠다."

도대체 왜 나한테 자꾸 말을 시키는지 모르겠다.

"시간이 없으면 시간이 많다는 게 부럽겠지만 나는 원래 그래서 잘 느끼지 못하겠어요."

나도 이러닝 선생님한테는 되는대로 말했다.

"그럴 수도 있겠다. 그러면 주로 뭐 하면서 시간 보내는지 궁금하네."

"아무것도 안 해요."

"그래?"

나는 빨리 일어나고 싶었다.

"책 읽는 건 어때?"

"만화책은 많이 읽어요."

그때 찬영이 놈이 나가려고 일어섰다.

"찬영아, 학원 가는 거야?"

선생님이 아는 척을 했다.

"네, 로그인만 하고 가는 거예요."

나는 학원 가느라 로그인만 하고 간다는 놈을 유심히 쳐다봤다. 나는 그놈이 친구해달라는 어떤 님이 궁금하지 않았다. 나에게는 제발, 제 친구 좀 되어주세요, 저는 너무 외롭답니다, 너무 외로워서 친구가 필요하답니다. 그런 말로 되새겨졌다. 나는 내가 그 어떤 님이 돼서 댓글을 달고 싶은 심정이었다.

'걱정하지 말아요. 언제까지나 님의 친구가 되어줄게요.'

이렇게 유치한 멘트를 달아서 한순간이라도 놈을 위로해주고 싶었다. 하지만 다시 돌아와 보니 그 글은 벌써 삭제돼 있었다.

사랑이에게 쪽지를 보내려던 마음이 사라졌다. 너무 시끄럽고 어수선했다. 나도 나가려고 로그아웃을 했다. 바탕화면에 몇 개의 폴더가 있었다. 여기 시설의 이름이 붙은 폴더가 있어서 그냥 나가려다가 클릭해봤다. 아마도 사무실의 복지사 누군가가 저장해놓은 것 같았다.

시설의 홈페이지였다. 행사 때마다 복지사 이모들이 찍은 사진을 꼼꼼히 올려놓았다. 그동안 설날에 세배하고 제기 차는 모습도 보였다. 한복을 입고 찍은 단체 사진에서 나를 찾아봤다. 한복 입은 모습도 어색하고 표정도 굳어 있는 내가 낯설었다.

예전부터 해온 생일잔치 사진도 있었다. 생일날에는 식당에 모여서 케이크를 자르고 생일 축하 노래를 부르고 특별 메뉴를 먹었다. 갓난아기의 돌잔치 사진도 있었다. 태어난 지 며칠 되지 않아서 온 아이였다.

지금은 늙은 원장님을 엄마처럼 따르고 있었다. 그래도 어린 아기였기 때문에 여기 모든 사람들의 사랑을 받았다. 시도 때도 없이 사무실을 들락거리고 아무 곳이나 기웃거려도 다 귀엽다고 안아주었다. 이 방 저 방 마음대로 드나들어도 손을 잡아주고 안아주고 볼에 뽀뽀를 해주며 예뻐했다. 그 아이는 커서 그런 걸 기억 못할 것이다. 부모의 사랑은 받지 못했으나 여기 있는 모든 형들의 사랑을 받았다고 하면 그래도 조금은 위안 받을까.

아무 생각 없이 다른 사진을 넘기는데 댓글이 있는 사진이 나왔다. 다른 사진들에는 아무 댓글도 없었다. 역시 생일 파티 사진이었다.

현중이구나. 시간이 많이 흘렀어도 알아보겠다. 여기 있는 줄 몰랐다. 지켜주지 못해서 미안하다. 형하고 너 얘기 많이 한다. 방학에 찾아갈게.

바로 이어서 댓글이 하나 더 있었다.

여기 선생님, 죄송합니다……. 제가 어떻게 해야 할지…… 다시 연락 드리겠습니다.

현중이의 엄마였다. 박민희라는 이름으로 글을 올렸다. 가슴이 쿵쾅거렸다. 내 엄마가 글을 올린 것도 아닌데 막 떨렸다. 이 댓글을 아무도 보지 못했는지 더 이상의 댓글이 없었다.

날짜를 확인했다. 현중이가 중학교에 입학하고 난 후의 생일이었다. 지금 현중이가 중학교 3학년이니까 이 년 전이었다. 곱슬머리, 쌍꺼풀 진 눈, 흐리멍덩한 눈빛, 항상 반쯤 벌어진 입, 붉게 성난 여드름이 얼굴에 덕지덕지했다. 말하는 게 어눌해서 멍청해 보이는 놈이었다.

현중이는 아직까지 그 글을 보지 못한 걸까. 하기는 우리는 여기 홈페이지가 있는 것도 잘 모를 뿐더러 관심도 없었다.

현중이 엄마는 현중이를 찾아왔던 것일까. 분명한 건 현중이를 데려가지 않은 것이다. 아직도 현중이는 여기 살고 있으니까.

내 가슴이 계속 두근거렸다. 나는 몰래 야동을 보는 것처럼 눈치를 살피고 얼른 컴퓨터를 껐다. 컴퓨터실을 나가는데 선생님의 목소리가 날아왔다.

"태양이 인사 좀 하고 다니자."

나는 대답하지 않고 나와버렸다. 방으로 올라가지 않고 현관을 지나쳐 그대로 나왔다. 밖에서 머리를 식히고 싶었다. 주차장 옆, 농구 골대 앞에서 한결이가 혼자 농구공을 만지작거렸다. 한결이와 현중이는 한방을 쓰니까 뭔가 알 수도 있었다.

"뭐해?"

나는 손을 들어 어색하게 인사했다. 현중이에 대한 궁금증만 아니면 모르는 척 지나쳤을 것이다.

"어, 그냥."

한결이는 당분간 얌전히 살겠다고 하더니만 수업이 끝나면 곧장 돌아와서 집에 있었다. 하지만 얼굴은 어떻게 세상이 이리도 재미없는지 모르겠다는 표정이었다.

"저기, 현중이는 가끔 부모 만나러 가? 엄마나 아빠."

물어보는 내가, 내가 생각해도 이상했다.

"응, 아빠 만나러 가는 것 같던데."

한결이가 그런 걸 왜 물어보냐고 하기 전에 나는 거짓말을 했다.

"이러닝 선생님이 너 오라고 하던데."

"왜?"

"할 얘기가 있대."

짜증 나서 죽겠다고 투덜대면서도 한결이는 컴퓨터실로 향했다.

지역아동복지센터 시설마다 홈페이지는 있을 것이다. 그러면 현중이의 엄마는 시설의 홈페이지마다 들어가 사진을 찾아보았던 것일까. 얼굴을 보니까 금방 알겠다고, 시간이 지났어도 알아보겠다고 했다.

나를 낳은 여자는 나를 알아보기나 할까.

길거리에서 스쳐도 나를 알아볼 수 있을까.

그런데 현중이 엄마는 왜 현중이를 데려가지 않는지 모르겠다. 벌써 이 년이나 지났는데 왜 그대로 놔두는 것인지 궁금했다.

혹시 내가 잘못 본 건 아니겠지. 내 엄마를 찾은 것도 아닌데 가슴이 이상했다. 다시 컴퓨터실로 들어갔다.

"왜, 다시 왔어?"

선생님이 내가 들어서자 물었다.

"뭐, 확인할 게 있어서요."

나는 내가 앉아 있던 창가 쪽 자리로 갔다. 다른 초딩 놈이 앉아 있었다. 내가 다가가자 깜짝 놀람과 동시에 마우스를 클릭해서 보고 있던 사이트를 닫았다. 정말 빛의 속도였다. 그러더니 이러닝 화면을 로그아웃하고 일어섰다. 말이 필요 없었다. 초딩들은 알아서 형들에게 양보하는 게 이곳의 질서였다.

"왜 동생들한테 그러냐? 그러면 안 된다."

이런 말은 아무 소용이 없다.

아까까지 잘 되던 컴퓨터가 이상했다. 인터넷이 연결되긴 했는데 그 페이지가 열리지 않았다. 컴퓨터를 껐다 다시 켜는데 원장님이 들어왔다. 원장님은 뒤에서 아이들의 모니터를 몰래 들여다봤다.

"오늘은 그만해라."

목소리가 좋지 않았다. 컴퓨터로 공부는 하지 않고 자꾸 다른 것을 하는 게 못마땅한지 고개를 흔들어댔다.

식당으로 내려가니까 떠들썩했다. 현중이가 어디 있는지 찾았다. 한방에 사는 초딩 옆에 앉아서 웃으며 밥을 먹고 있었다. 밥 먹는 것도 멍청해 보였다. 나는 일부러 그쪽으로 다가가 앉았다. 식판에는 변함없이 세 가지 반찬과 국과 밥이 담겨 있었다. 이 식판에 밥을 먹은 지도 십 년이 넘었다. 내가 무슨 교도소 수감자도 아니고, 이 식판만 보면 밥맛이 떨어졌다. 원장님은 쇳소리가 싫다고 식판에 밥을 먹지 않았다. 식당에서 일하는 이모들이 잔잔한 꽃무늬가 있는 흰 그릇 세트에 밥과 반찬들을 따로 담아서 주었다.

텔레비전 드라마에서 나오는 풍요로운 식탁은 내 이상이었다. 식탁 가득히 차려진 맛있는 음식들, 갈비찜과 잡채, 동태전과 조기구이, 대하가 들어간 해물탕. 따뜻한 밥과 국이 따로 차려진 식탁에서 밥을 먹는 사람들은 가슴이 따뜻할 것 같았다. 온 가족이 식탁에 둘러앉아 밥을 먹는 사람들은 절대로 자식을 버리지 않을 것 같았다. 그래도 가출해서 몇 끼니씩 굶다 보면 식판에 먹던 뜨뜻미지근한 밥이 그리웠다.

현중이 놈은 밥을 잘 먹었다. 늘 입을 헤벌리면서 웃지만 먹을 때는 집중했다. 지금도 옆에 앉은 초딩들이 식탁 아래서 서로 발을 치며 까불어대도 현중이 놈은 먹기만 했다. 그래서 저렇게 뱃살이 나오는 것 같았다. 얼굴에 여드름이 많아서 지저분하게 보였지만 어린애들에게는 착한 편이었다. 착한 편이라고 하는 것은 폭력을 너무 자주 쓰지 않는다는 뜻이다. 그래도 가끔 얼굴이 빨개

지도록 열을 받으면 주먹이 날아갔다. 아무런 망설임이나 거리낌 없이 뻗는 주먹의 힘 때문에 맞은 놈은 눈물을 흘렸다.

나는 짝사랑하는 여자를 몰래 훔쳐보는 변태처럼 계속 현중이를 흘깃거리느라 밥을 먹는 둥 마는 둥했다. 더군다나 오늘도 내가 제일 싫어하는 우거지된장국이었다. 밥을 남기지 않으려고 억지로 퍼먹었다.

방으로 와서 컴퓨터를 켰다. 저녁 공부 시간 전까지, 초딩들이 공부하러 오기 전까지만 할 생각이었다. 또 이러닝 사이트에 들어가서 로그인했다. 습관처럼 나의 쪽지함을 확인했다. 새로 온 편지는 없었다. 나는 받은 편지함에서 다시 사랑이의 쪽지를 읽었다. 가슴이 설레었다. 원장님이 영어단어라도 공부하라고 한 이러닝 사이트에서 나는 자꾸 사랑이를 생각했다.

다시 트위터에 들어갔다. 또 어떤 글들이 올라왔는지 훑어봤다. 여기 있는 놈들은 죄다 한마디씩 올렸다. 별 시답잖은 말들을 참 많이도 끊임없이 써놓았다. 유난히 댓글이 많이 달린 글이 있었다. 초딩 4학년 여자아이가 올린 글이었다.

나는 내 성이 싫다. 성과 같이 ○○○ 라고 부르는 게 싫다. 선생님이 ○○○ 라고 부르면 화가 난다.

자기 성이 희귀성인데 자기는 너무 싫다고 했다. 그 밑에는 많은 아이들이 왜 싫으냐. 평범한 것보다는 낫다. 김씨 박씨 이씨, 이런 개똥 같은 것보다는 좋다. 뭐 이런 비슷한 댓글이 줄줄이 달려 있었다.

이 초딩 여자아이는 트위터가 자기 고민을 올려놓는 곳으로 착각을 하는 것인지, 생각이 없는 것인지 쪽팔리는 가족사를 쫙 펼쳐놓았다.

알코올 중독에 폭력적인 아버지가 술만 마시면 엄마를 때렸고, 엄마가 동생을 임신했을 때도 계속 때려서 동생이 죽을 뻔했다고 했다. 그래서 엄마와 아버지는 이혼을 했고, 지금은 엄마, 동생과 같이 산다고 했다.

트위터에 자기가 까발린 가족사. 더구나 이 트위터에는 아이디와 이름이 그대로 나와 있었다. 누구나 한 번 들으면 기억할 수밖에 없는 특이한 성과 이름을 가진 초딩 여자아이는 도대체 무슨 생각으로 여기에 글을 올렸는지 모르겠다.

헐, 대박, 나쁜 아버지
우리 아빠도 그랬다
그런 아버지 필요 없음

욕설이 나오지 않은 게 다행이었다. 내 이름도 마찬가지였다. 태양이라니. 내가 그렇게 찬란하게 비추기를 원했단 말인가.

그런데 허태양이라니. 태양이 없는 어둠 속으로 처박아두고 싶었단 말인가.

나 역시, 내 이름을 버리고 싶었다. 도대체 무슨 마음으로 이따위 이름을 지어놨을까.

🌿 압구정 소년들

나도 사랑이에게 근사한 걸 보내기로 했다. 그래서 시집을 뒤적 거렸다. 방의 책꽂이에 있는 건 제목만 들어도 신물이 나오는 시 집들이었다. 교과서에 나오는 시들을 모아놓은 그런 시집들 말고 마음에 확 와 닿는 시를 골라서 써 보낼 생각을 했다.

아무래도 사랑이는 보통의 여자아이와는 다른 특별함이 있는 것 같았다. 우선은 나 같은 별 볼일 없는 놈을 기억해준 것만 해도 그렇다. 그리고 얼굴이 아닌 이름으로도 알아봐주고, 어떻게 그런 좋은 글을 써서 보낼 수 있는지 생각하면 할수록 신기했다. 밝고 희망적이지만 아픔을 숨기고 있는 사랑이. 나는 사랑이를 위해 시 집을 읽기 시작했다.

"그렇게 책을 읽는데 학교는 왜 못 다닐까?"

오늘 따라 기분 좋은 이모가 괜히 한마디 했다. 사귀는 남친이 선물이라도 안겨주었나 보았다. 대부분 아직 결혼하지 않은 이모들이라서 남친에 대해 쏙닥거릴 때가 많았다.

나는 읽던 시집을 침대 매트리스 밑에 넣어두고 이모 말을 못 들은 척하고 방을 나왔다. 1층에 있는 도서실로 들어갔다. 책 정리가 안 돼서 어수선했다. 한쪽 벽면으로는 버릴 책들이 묶여져 있었다. 국가의 지원을 받는 시설이라 신간도 정기적으로 들어왔다. 아무 책이나 들어오는 게 아니라 문학적으로 우수한 작품을 선별한 책이 들어왔다. 그런 책들이란 재미없고 따분하기만 했다. 그 작가들은 좋은 대학을 나오고 좋은 환경에서 자라왔는데 나름 방황하고 일탈을 하고 아웃사이더로 살아왔다는 설을 풀어놓으려고 안간힘을 썼다.

진정한 아웃사이더와 그런 척하는 것의 본질적인 차이. 나는 그런 책들이 역겨웠다. 차라리 비현실적인 허무맹랑한 판타지나 만화를 읽으며 시간을 때우는 게 나았다. 역겹거나 기분이 더러워지지는 않으니까.

그래도 가끔 도서실을 기웃거리는 건 뜻밖의 수확이 있기 때문이다. 도대체 이런 걸 왜 쓰는지 모르겠다고 생각할 정도의 성적인 묘사를 지저분하게 쓴 쓰레기 같은 책을 건질 수도 있었다. 그

따위 책을 우수 문학 도서라고 인정하고 시설에 보내서 우리들에게 추천 도서라고 읽으라고 했다. 나는 시집을 찾으면서도 그런 책들이 또 있나 하고 책들의 제목을 훑었다.

압구정 소년들, 이라는 제목에 호기심이 생겼다. 창피한 얘기 같지만 나, 이 나이가 되도록 아직 강남에 가본 적이 없었다. 압구정이란 동네가 어떻게 생겼는지 구경한 적도 없었다. 그런데 압구정에 사는 소년들이라니 솔직히 압구정에 사는 소녀들보다 더 궁금했다. 가출의 달인이었고 전국 방방곡곡을 가보았지만 그쪽으로는 한 번도 가지 않았다.

책을 빼들었다. 나는 방으로 올라가지 않고 에어컨이 돌아가지 않는 도서실에서 읽기 시작했다. 책은 내가 모르는 다른 세계이지는 않았다. 음악과 밴드, 짝사랑, 중산층, 연예인. 적당히 재미있었다. 그리 노력하지 않아도 얻게 되는 것들. 일류 대학, 유학, 안정된 직장, 그에 어울리는 예쁜 여자들, 평온한 인생, 절대로 나락으로 떨어지지 않을 인생. 그것들을 얻는 데 소년들이 한 일은 그저 그런 부모의 자식으로 태어났을 뿐이다. 그 환경에 속하면 저절로 얻어지는 것들. 작가도 인정했다.

같은 도시에 살고 있는 그 소년들과 지금 여기에 사는 소년들이 만날 일은 없을 것이다. 아니, 만날 수도 있겠다. 그들이 가는 레스토랑에서 서빙을 하거나 술을 마신 그들 대신 차를 운전해주거나,

그들의 집에 택배를 배달해주거나, 주차하다가 찌그러진 차를 고쳐주다가 만날 수는 있을 것이다. 나는 그 책을 가지고 방으로 왔다. 책을 담당하는 이모에게 말하지도 않고 내 옷장 속에 집어넣어 버렸다.

저녁을 먹고 나서는 우두커니 앉아서 텔레비전 뉴스를 봤다. 캠프를 가기 전에는 장기 자랑을 연습하느라 저녁 공부 시간이 없었다. 아이들은 뜨거움이 어느 정도 가신 운동장에서 축구를 하며 놀았다.

뉴스에서는 중산층, 하우스 푸어, 아파트 값 폭락, 이라는 말들이 흥분된 아나운서의 목소리로 흘러나오고 있었다. 아까 그 책에서도 낯설기만 한 아파트의 이름들이 많이 나왔다. 나는 아파트에서 살아본 적이 없었다. 내가 살았던 집, 내 기억에 남아 있는 집은 햇빛이 들지 않는 반지하 다세대주택이었다. 문을 열고 들어가면 맡아지던 어떤 냄새, 낡은 선풍기가 밤새 돌아가면서 내던 숨찬 소리, 밖에서 걸어가는 사람들의 발자국 소리와 욕지거리와 오줌 냄새.

외모로 보면 압구정 소년 같은 지수도 역시 아파트에 산 적이 없었다. 아마도 여기 사는 아이들 대부분이 아파트에 산 적이 없었을 것이다.

여기에 기부를 하거나 봉사를 하러 사람들이 오면 원장님이나 국장님이 손님들을 데리고 집을 구경시켰다.

"일반 아파트와 똑같은 구조예요. 실 평수로 사십 평이 조금 넘어요."

항상 아파트란 말을 강조했다. 손님들과 현관문을 들어서면 제일 먼저 그 말부터 했다. 계단을 올라서 복도를 지나 현관문을 열면, 거실이 정면으로 보였다. 거실에는 베란다가 딸려 있어서 건조대를 놓고 빨래를 말렸다. 나는 베란다가 제일 마음에 들었다. 넓은 공원과 마주하고 있는데 키가 큰 나무들이 바로 앞에 있어서 모든 것을 가려주었다.

그러고 보면 여기 사는 아이들은 지하에서 지상으로 올라온 셈이었다. 적어도 여기 방은 2층부터 있었으니까.

"이 집보다는 거기가 나을 거야."

돈 벌러 다니느라 바빠서 돌봐줄 수 없는 자식이 지하방에서 방치되는 것보다는 번듯한 집에서 하루 세 끼 밥 잘 먹고 학교 다니는 게 좋다고 여기를 선택한 엄마들이 많았다. 더군다나 원하면 학원도 보내주니까 공부만 열심히 하면 되는 거라고 어린 자식을 설득했다.

"엄마가 데리러 올 때까지 있어."

어린 아들에게 남겨진 말은 엄마가 올 때까지 여기서 기다려야 한다는 것이었다. 그 말은 여기 남겨진 아이의 가슴에 콕 박혀 있었다. 그래서 엄마가 올 때까지 기다리고 또 기다려야 했다. 나중에 나올 때 후원금까지 챙길 수 있으니까 더 좋다고 생각하는 부모들도 있었다.

자식을 위해서 나은 선택을 했다고 자부하며 조금은 가벼운 발걸음으로 나서는 부모들은 부모가 사라질 때까지 눈이 아프도록 쳐다보는 자식을 다시 보지 않으려고 했다. 어린 아들의 눈물을 보면 마음이 약해질까 봐 고개를 숙이고 걸어갔다.

아파트와 같이 햄버거도 내게는 이상이었다. 친구들끼리 몰려다니며 먹는 햄버거와 노래방, 과외수업. 그들이 들었던 헤비메탈. 이상하게도 자꾸 영화처럼 그 소설의 잔영이 남았다. 나는 그런 것들을 동경했다. 혼자서 꾸역꾸역 먹었던 햄버거에서는 언제나 누린 고기 냄새가 났다.

아이들이 축구하는 운동장으로 나왔다. 웃음소리와 욕설이 가끔 불어오는 바람과 섞였다. 길 건너편은 고층 아파트였다. 창문마다 불이 켜져 있었다. 그 불빛이 아늑해 보였다.

 형제들

사랑이 때문에 시집을 읽기 시작했다. 제목부터 마음에 드는 시집이었다. 여기 있는 아이들이 읽을 만한 게 아니었다. 아마도 어느 날 갑자기 짐을 싸서 나간 이모들 중 하나가 두고 나간 게 아닐까 싶었다. 상처적 체질, 그건 바로 나였다.

국장님은 땀을 줄줄 흘리며 정신없이 왔다 갔다 했다. 여름 캠프에 필요한 휴대용 가스버너를 일일이 켜보고 피크닉 가방도 점검했다. 땀을 뚝뚝 흘리며 다니는 국장님은 누가 조금만 거슬려도 금방 욕지거리를 할 만큼 짜증이 나 있었다.

그놈 재모가 또 방을 기웃거렸다.

"평생 말 안 들을 놈."

재모보다 나이가 더 먹은 형들의 평가였다. 오늘은 또 무슨 짓을 저지르려고 저러는 것인지 싶었다. 캠프나 조용히 갔다 오지, 눈치 없게 굴지 말고. 왠지 불안해 보였다.

재모의 형, 강모는 요즘 시합을 하러 다니느라 바빴다. 축구선수가 되고 싶어 하는 놈들 중에서 제일 가망성이 있어 보였다. 포지션은 골키퍼로 정성룡처럼 기다랗고 날렵한 스타일은 아니었지만 골대에 서 있는 자체만으로도 위협적인 존재가 됐다.

골키퍼를 하겠다고 축구부가 있는 고등학교로 갔지만 쉽지 않은 것 같았다. 그 고등학교 감독이 테스트를 했는데 반응이 신통치 않았다. 또 축구부는 숙소 생활을 해야 하는데 그러려면 만만치 않은 회비도 내야 했다. 그에 따른 여러 가지 많은 문제가 딸려 있는 것 같았다. 강모 외에도 축구를 하겠다고 했던 놈들도 고등학교에 들어가자 그 꿈을 다 버렸다.

대신 다른 것들을 찾아서 움직였다. 공격수를 하기에 체구가 작고 힘이 약했던 근호는 춤과 노래에 빠졌다. 거북이 등딱지처럼 언제나 기타를 메고 다니며 느끼한 미소를 지었다. 지난번 센터의 복지사 선생님이 결혼할 때는 축가까지 불렀다. 휴대폰 동영상으로 촬영해 온 그 축가를 모두들 돌려보았다. 노래 실력은 뭐 대단한 건 아니지만 들어줄 정도는 되었다. 내가 조금 감동한 건 놈의 끼였다. 홀리는 눈빛과 손짓이 사람들을 끌어들였다. 그 동영상이 돌고 돌면서 초딩들은 한동안 따라 하느라 야단이었다.

재모는 대담하게도 또 형들의 돈을 털었다. 주머니를 뒤지는 건 기본이고 돈을 숨겨둔 곳까지 정확히 알아두었다가 빼갔다. 결정적인 증거는 증인이었다. 여기서 돌잔치를 했던 제일 막내, 이제 세 살 난 아기가 재모가 뒤졌다고 더듬더듬 말했다. 재모의 협박이 통하지 않는 유일한 아이. 아무리 눈짓을 하고 주먹을 들어 보여도 꿋꿋하게 자기 할 말을 다하는 아이 앞에서 재모는 완전히 당했다.

"정말, 너는 얼마나 맞아야 정신 차리겠냐?"

고딩들이 고개를 흔들었다. 그나마 친구의 동생이란 이유로 그동안 참고 봐준 것이다.

"따라와."

강모가 재모를 데리고 갔다.

"내일 캠프 갈 거니까 그만둬!"

국장님이 강모를 말렸다. 강모의 저 덩치에 주먹으로 제대로 맞으면 캠프는커녕 응급실로 실려 가야 할 것이다.

너무 화가 난 강모는 국장님의 말에 대답도 하지 않고 놀이터 뒤로 걸어갔다. 고개를 푹 숙이고 걷는 강모, 그 뒤를 따라 걷는 재모. 두 형제의 모습이 체격 때문인지 내 눈에는 아버지와 아들 같아 보였다.

"강모가 불쌍하다. 저 망나니 동생 때문에."

여기에는 신기하게도 형제가 많았다. 이름만 봐도 형제라고 짐작할 수 있는 아이들. 재모와 강모, 지수와 정수, 한결과 은결, 선재와 혁재. 그런 아이들이 많았는데 얼굴을 봐서는 전혀 형제인지 모르겠지만 이름을 들으면 딱 알 수 있었다. 한 형제라고 이름까지 똑같은 돌림자로 지어주고, 끈끈한 형제애를 영원토록 나누라고 여기에 두고 간 것인지도 모르겠다.

분위기가 좋지 않자, 초딩들이 우리 방으로 모여들었다.

"우리 귀신의 집 놀이하자."

이모들은 회의를 하느라 사무실로 내려갔다.

"그런데 지금은 귀신의 집이 없잖아."

"아냐, 지금도 있어. 형들이 그랬어."

"1층, 어머니 방은 아직도 그렇다는데."

지금 모여 앉아 있는 초딩들은 올드 멤버였다. 서너 살 때부터 여기 산 아이들이었다. 여기로 이사 오기 전, 오래된 집에서부터 살았던 아이들. 그 아이들의 공통점은 눈에 확 띄었다. 유난히 작은 체구와 유아적인 생각과 기초적인 학습의 부족. 그리고 귀신의 집에 대한 추억 아닌 추억.

그래도 예전에 살던 곳은 조금 낡긴 했지만 집 같기는 했었다.

이 도시의 사람들이 버린 쓰레기 무덤을 마주하고 있었던 집. 집에서 쓰레기가 떠다니는 강이 내다보이고, 매일 쓰레기를 실어 나르는 트럭들이 들어가고 나갔다.

집 뒤로는 쓰레기 산이 이어져 있고, 마당에는 개들이 살고, 비가 오면 강물이 넘쳐나고, 걸어서는 학교를 다닐 수 없는 곳. 후원자들의 마음을 확 열기에 충분한 조건을 갖춘 곳이었다. 그 특별한 조건을 포기하기 쉽지 않았으나 그 일대의 개발로 그 집은 허물어지고 도로가 됐다. 그곳에서 여기로 새로 건물을 지어 이사 왔다.

새로 지은 시설은 최신식이었다. 식당이 있는 지하에는 공연을 할 수 있는 강당도 있었다. 무대와 조명등, 커튼, 대기실까지 완전히 갖춰져 있었다. 크리스마스나 행사 때 주로 사용했다. 요즘은 노래방 기계까지 있어서 주말이면 신곡을 연습하느라 난리였다. 그 옆으로는 목욕탕도 있었다. 각 방마다 욕실이 있지만 축구 경기라도 하는 날에는 한꺼번에 씻을 수 없어서 지하 목욕탕으로 몰려갔다. 할머니 원장님 취향대로 대중목욕탕하고 똑같이 만들었다.

"와, 시설이 굉장히 좋네요."

외부 사람들은 왜 이렇게 시설이 좋은지 이해할 수 없다는 표정이었다.

"그래서 지원이 많이 줄었어요."

대머리 사무국장은 허름한 옛집에서보다 동정심을 덜 받아 지원이 줄었다고 늘 강조했다.

초딩들은 말만 귀신의 집 놀이지, 사실은 그때 얘기를 하는 것이다. 아프리카 원주민이란 별명을 가진 초등학교 6학년 놈과 목소리가 아기 같은 5학년인 놈은 아무리 봐도 2, 3학년 정도밖에 안 돼 보였다. 같이 오래 산 초딩들은 서로 잘 어울렸다.

"거기에 있던 개 있잖아. 새끼 보러 밤마다 찾아왔는데."

아기 같은 목소리를 가진 놈이 말했다.

"그래, 새끼가 여섯 마리나 됐는데."

아프리카 원주민이 큰 목소리로 말했다.

"거기 귀신의 집, 진짜 무서웠지?"

"응."

"밤마다 귀신이 뭐 하나씩 가져간다고 했어. 그 계단 올라가는 것도 너무 무서웠어. 계단이 백 개도 넘었어."

목소리가 아기 같은 5학년 놈이 말했다.

"병신, 백 개는 안 넘었어."

"그래도 어머니는 그 방에서 잤잖아. 그래서 나는 어머니가 무서운 적도 있었어."

"난 원래 무서워. 지금도 무서운데."

"그런데 형들은 어머니가 무섭지 않대."

그 집에서 원장님의 방은 2층이었다. 그곳에는 귀한 물건이 많왔다. 겁대가리 없는 고등학교 놈들은 그 방을 뒤지기도 했다. 시계나 반지가 없어지기도 했다. 그런 소문이 돌면 괜히 어린것들도 따라 하기 마련이었다. 그래서 그 방에는 귀신이 있다고 겁을 주었고, 아이들은 그 방에는 얼씬도 하지 않았다.

기독교 정신을 바탕으로 세운 어린이 보호시설에 귀신이 살고 있다는 괴담이 아이들을 두려움에 떨게 했다. 밤만 되면 아이들은 2층으로 올라가는 계단은 쳐다보지도 못했다. 꿈을 꾸면서도 식은 땀을 흘리고 가위에 눌리기도 했다. 밤에 잠을 푹 자지 못해서 저렇게 자라지 못한 것일까.

귀신의 집에서는 밤마다 폭력이 전해지고 있었다. 형들은 동생들을 때렸다. 원래 폭력에는 이유가 없었다. 폭력을 가하는 놈에게만 정당한 이유가 있었다.

지금의 초딩들, 그때는 꼬마였던 아이들은 형들의 폭력을 바로 앞에서 보았다. 눈을 껌벅껌벅하며 무서워도 울지도 못하고 이모에게 이르지도 못했다. 밤에 자면서 악몽을 꾸었다.

아직도 어린것들의 입에서 나오는 어머니란 소리를 들을 때면 불편했다. 목 안에 무언가 걸린 것처럼 갑갑하고 찜찜하고 아프기도 했다. 아직 엄마한테 어리광을 부리며 매달릴 나이였다. 어머니보다는 할머니여야 하는 원장님. 할머니를 어머니라고 불러야 하는, 저 초딩들의 어린 시절의 추억은 그 낡은 집에 있었다.

ADHD 소년 🌿

방학이 본격적으로 시작되자, 한낮의 고요 속에 모두들 늘어져 있었다. 베란다에서 내다보니까 지수가 영준이와 밖으로 나가고 있었다. 슬리퍼를 신고 어기적거리는 폼이 세상에 두려울 게 없다는 것 같았다.

이 동네에서 알아주는 노는 놈들이 됐다. 주먹질이야 그렇지만 요즘에는 힘보다는 인맥이라고 떠들어대는 놈들이었다. 그래 봐야 뭐 대단한 인맥도 아니고 양아치 형들을 안다는 것뿐이었다. 어떤 어려운 일이 있더라도 휴대폰을 들고 전화를 하면 다 해결이 된다는 거였다. 거기다 지수란 놈, 말발은 누구도 당하지 못했다. 눈웃음까지 치며 희고 고른 이를 드러내며 말할 때는 사는 집 애처럼 보였다. 그래서 여자들한테 인기가 있었다.

나는 지수에게 사랑이 얘기를 하고 싶었다. 혼자만 품고 있기에는 너무 벅찼다. 내가 공을 들여 골라 보낸 시에 사랑이는 대꾸가 없었다. 너무 늦은 답장에 화가 나 있을지도 몰랐다. 방학이니까 캠프를 간 것일지도 모르겠다. 아니면 시가 마음에 들지 않았던 것일까. 답장도 없는데 또다시 시를 보낼 용기가 나지 않았다.

지수의 이번 여름방학 계획은 완전 실패였다. 지수의 엄마는 오랜만에 사무실로 찾아와서는 고등학교에 들어갔으니까 정신 좀 차리고 공부하고 있으라고 단단히 주의를 주고 돌아갔다.

아침도 먹지 않고 나가는 걸 보니까 또 어디 친구 집이라도 가는 것 같았다. 여기서도 통행금지 시간이 있고 규칙이란 게 있지만 막무가내인 놈들에게는 이모도 원장님도 질 수밖에 없었다. 그래, 알았다. 제발 사고만 치지 마라. 그렇게 사정을 했다.

지수는 얼마 전까지만 해도 주로 주먹으로 사고를 쳤다. 분노 조절이 어려운 지수는 ADHD(주의력 결핍 과잉행동 장애) 증후가 있어서 매주 상담 치료를 받았다. 그다지 심각하지는 않은지 약은 먹지 않았다. 정말 이건 아니다 싶을 정도로 화가 나면 주먹이 나갔다. 그래서 지수를 무서워하기도 했다.

중학교 1학년 수련회 때, 지수의 주먹이 빛을 발했다. 나는 학교에서 가는 수련회를 가본 적이 없지만 수련회는 극기 훈련이라는 명목 하에 갖은 이유를 다 갖다 붙여 거의 대부분의 시간을 단체로 벌을 준다는 얘기를 많이 들었다.

그때도 아침을 먹고 나서부터 단체 기합이 시작됐다. 여학생까지 포함해서 오리걸음으로 계단을 내려가는데 한 놈이 자꾸 줄을 틀렸다. 모두 세 명씩 짝을 지어 내려가는데 놈만 그 옆으로 튀어나와 줄을 흐트러지게 했다. 그러면 다시 계단을 올라가야 했기에 모두들 그놈보고 줄을 맞추라고 소리를 질렀다. 오죽하면 여학생들까지도 욕을 하며 줄을 맞추라고 했지만 놈은 여전히 독불장군처럼 삐져나온 채 갔다. 열 받은 지수가 보다 못해 욕을 하고 소리쳤다.

"새끼야, 줄 좀 맞추라고!"

"내 마음이야."

돌 끼가 있는 놈은 대꾸하고는 그대로 갔다. 그놈 때문에 백 개도 넘는 계단을 다시 올라와야 했다. 지수는 놈한테 쫓아가서 멱살을 잡고 주먹을 날렸다. 그 한 방으로 놈은 나가떨어졌다. 콧구멍에서 피가 줄줄 흘러나왔다. 코뼈가 부러져나갔다. 바로 응급실로 실려 간 놈은 일 년 동안 체육시간에 혼자 그늘에 앉아 있었다. 절대로 운동하면 안 된다는 의사의 말을 듣고 놈은 얌전히 있었다. 그 일 이후로 지수는 영웅이 됐다.

그놈의 부모는 학교로 달려왔다. 보통 그러면 난리를 쳐 학교를 뒤집어놓고 폭력위원회가 열려야 했다. 하지만 놈의 부모는 오히려 지수에게 친근한 말투로 부탁을 했다.

"앞으로 사이좋게 지내라."

지수가 시설의 아이란 얘기를 듣고는 후환이 두려웠던 거다. 어른들이 손쓸 수 없는 세계인 학교에서 아들이 정상적으로 다니기를 바랐기 때문이었다. 훌륭한 선택이었다. 그렇지 않고 폭력으로 처벌을 받게 했다면 놈은 죽지 않도록 더 두들겨 맞고 쪽팔려서 더 이상 학교에 나오지 못했을 것이다.

만약 지수가 시설이 아니라 일반 가정집 아이였다면 합의 보느라고 돈깨나 날렸을 것이다. 그럴 때는 여기에 사는 걸 다행이라고 여겨야 했다. 이보다 더 좋은 보호막은 없었다. 물론 그 후로도 가끔 주먹을 휘두르긴 했지만 원장님께 알려진 건 없었다. 아주 위험한 폭력이 될 뻔한 얘기는 원장님도 알고 있었다.

이상하게도 여기 사는 아이들이 다니는 학원은 몇 년이 지나도 바뀌지 않았다. 보통 선생님이 마음에 들지 않는다, 효과가 없다, 분위기가 안 좋다, 그런 여러 가지 이유를 대고 학원을 수시로 옮겨 다니는 일반 가정집하고는 너무 달랐다. 아마도 여기 아이들에게는 파격적으로 학원비를 싸게 해주는 게 아닐까 싶기도 했다.

어쨌든 여기에 온 뒤 중학교에 들어가면서 처음으로 알파벳을 배우기 시작한 지수는 학원을 다니기 시작했다. 처음엔 잘 다녔다.

머리도 좋은지 처음 영어를 배우면서도 어느 정도의 점수를 맞았다. 사교적인 지수지만 그 학원에서는 잘 지내지 못했다. 학원 원장이 유난히 지수를 미워했다. 지수로 하여금 분노하게 한 건 차별이었다.

나처럼 초등학교를 제대로 다니지 못한 지수가 그래도 마음잡고 공부를 해서 어느 정도의 성적을 올렸고, 여기 할머니 원장님도 좋아했다. 그래도 학원 원장, 늙다리 중년 아저씨는 늘 지수를 야단쳤다. 수업 시간에 필기를 잘하고 있어도 뭐라 하고, 조금만 늦어도 성질을 냈다. 하다못해 운동화 끈이 풀어져서 다시 묶고 있어도 뭐하냐고 꼬투리를 잡았다. 중간 중간 문제를 틀리거나 뭔가 눈에 거슬리면 맞았지만 대단하지는 않았다. 맞는 거라면 웬만해서는 꿈쩍도 하지 않는 게 여기 아이들이었다.

그러다가 지수를 폭발시킨 사건이 터졌다. 체육대회 전날, 연습을 하느라고 조금 늦었다. 그 전날에 미리 늦을 거라고 얘기도 했었다. 그리고 정말 어쩔 수 없이 늦었는데 원장은 평소에 들고 다니던 막대기로 사정없이 때렸다. 다른 애, 그러니까 일반 집 애는 마음대로 학원을 빠져도, 한 시간이나 늦게 와도 뭐라 하지 않았다. 지수는 원장실로 불려가 맞았다. 처음은 아니었다. 원장은 자기 분풀이를 하듯이 갖은 욕을 하며 지수를 때렸다. 지수는 너무 억울해서 참을 수가 없었다. 지수는 원장님의 막대기를 뺏었다.

"그만하세요. 내가 원장님이 어른이라서 참는 거예요. 하지만 이제부터는 참지 않을 거예요."

놀란 원장이 최강의 무기를 사용했다. 휴대폰을 꺼내서 여기 할머니 원장님한테 전화를 했다. 통화가 되는 순간, 지수는 휴대폰을 낚아챘다.

"어머니, 저 이제 학원 다니지 않을 거예요."

지수는 그 말을 하고 휴대폰을 원장한테 던져버리고 나왔다. 여기 할머니 원장님도 그걸로 끝이었다. 계속 학원을 다니라고 하지 않았다. 학원 원장에게 주먹을 날리게 할 수는 없으니까.

지수의 단짝 영준이는 그 모든 것을 지켜봤다. 그날, 영준이는 지수의 어깨를 두들겨주면서 아마도 눈물을 참았을 것이다. 지수를 이해하는 것은 물론이고 자랑스럽기까지 했다. 그날 둘은 편의점에서 담배를 사서 나누어 피우고, 소주까지 마시고 늦게 들어왔다. 술 깨고 오려고 늦은 것이었다. 담배 한 갑을 모두 피워버렸는지 담배 냄새가 독하게 났지만 원장님은 아무 말도 하지 않았다.

대개 지수의 주먹질은 밖에서 소리 없이 지나가고 묻혔다. 찬영이만큼이나 공부를 잘하는 동생과는 상관없는 듯 살아가지만 그래도 형이라고 주먹으로 형 노릇을 한 적도 있었다.

기말고사 때, 커닝을 방지하기 위해서 학년별 교실을 바꾸었다. 3학년인 지수가 2학년 교실로 내려왔을 때, 복도에서 동생이 맞는 걸 보았다. 그것도 같은 학년, 반 친구에게 맞았다. 그걸 그냥 지나칠 지수가 아니었다. 동생을 때리는 놈을 작살을 냈다.

"병신같이 살지 마!"

그렇게 말하고 뒤돌아섰다. 그 모습을 지켜본 시설의 아이들은 지수가 서로 자기 형이라고 뻥쳤다.

공부를 안 해서 그렇지 지수가 머리가 좋은 건 사실인 것 같았다. 동생도 여기 아이들 중에서 최고로 공부를 잘했고, 지수가 뛰쳐나온 그 학원을 아직도 열심히 다니고 있었다. 그래서 원장님의 기대를 한 몸에 받고 있었다. 찬영이도 공부를 잘했지만 전교 등수를 따지자면 지수의 동생만큼은 아니었다. 원장님은 그래도 한 놈이라도 번듯하게 성공하기를 바랐다. 그래서 가끔 여기에서 살았던 성공한 사람들의 얘기를 했다.

"다들 사무실로 내려오세요."

원장님의 목소리였다.

"뭐지?"

초딩 놈들이 먼저 뛰어 내려갔다. 곧 아이스크림을 입에 물고 올라왔다. 여기 출신, 검사라고 하는 남자가 아이스크림을 잔뜩 사왔다고 했다. 나는 어떻게 생겼는지 궁금해서 내려갔다. 검사는 여기 출신이라고는 믿어지지 않을 만큼 분위기가 달랐다. 어른들도 지질이와 성공한 사람들은 확 구분이 됐다. 아이들은 아이스크림을 빨며 그 주위에서 얼쩡거렸지만 나는 멀리서 쳐다보다가 다시 올라왔다.

"검사?"

"와, 대박."

지수가 어린애들이 가져온 아이스크림을 받으면서 말했다.

"넌 꿈이 뭐냐?"

지수가 절친 영준이에게 물었다.

"난 삼성 들어가는 거."

영준이가 말했다. 영준이는 지금 공고에 다니고 있다. 고등학교에 들어가니까 취업이 직접 피부에 와 닿는 모양이었다. 더구나 성적이 좋으면 대기업에 들어가고, 그러면 월급도 많이 받고, 돈도 모으고, 결혼도 하는 안정된 인생이 되는 것이었다. 영준이는 남들처럼 평범하게 살고 싶은 것 같았다.

"니가 어떻게 삼성을 가?"

지수가 질투가 나서 소리쳤다.

"왜 못 가? 나 이번에 우리 반에서 7등 했는데."

"고뤠?"

지수가 솔깃한 눈치였다.

"우리 학교도 졸업하면 삼성, 앤소프트 그런 데 간대. 전교 50등

안에 들면."

지수도 좋은 회사에 들어가고 싶은 모양이었다.

"그러니까 공부를 좀 하라구."

방에서 이모가 나오면서 눈을 흘겼다.

"아이씨, 뭐야? 왜 남의 말에 지랄이야?"

영준이가 다 먹은 아이스크림 막대기를 던졌다.

"뭐, 지랄?"

새로 온 이모는 아직 영준이를 파악하지 못했다.

"아, 짜증 나. 나가자."

영준이가 자리에서 일어났다. 아무 말 없이 지수도 따라 일어섰다. 나도 덩달아 일어나다가 시집을 가지고 가려고 침대 매트리스를 들췄다.

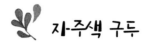
자주색 구두

이모는 충격이 컸는지 방방 뛰었다. 휴대폰으로 누군가와 통화했다. 조금 있다가 다른 방의 이모들이 다 몰려왔다. 이모는 영준의 말을 그대로 따라 했다. 아이들이나 어른이나 똑같았다. 다른 이모들의 반응은 무덤덤했다. 별거 아닌데 웬 호들갑이냐는 표정이었다.

"원래 그래. 걔는 아예 건드리지 말고 그냥 내버려둬. 괜히 잘못 건드리면 진짜 힘들어."

"아니, 그래도 내가 지 선생인데, 명색이 생활지도산데, 어떻게 그냥 놔둬요."

다른 이모들의 태도가 마음에 들지 않는 눈치였다.

"여기 있으면 왜 복지사 자격증을 땄는지 후회하게 될 거야. 그리고 우리가 삼디 업종에 종사하고 있다는 걸 뼈저리게 느끼게 될 거야."

새로 온 이모는 더 이상 대꾸하지 않고 입을 꾹 다물었다.

"더운데 냉커피나 한잔씩 마시자고."

화난 이모에게 신참이니까 냉커피까지 타라고 했다. 역시 텃세는 어디에나 있었다. 냉동실에서 얼음을 꺼내서 손가락으로 잔에다 집어던지는 신참 이모는 아직도 분해 죽겠는지 씩씩거렸다.

드디어 제대로 화합을 하려는지 상 위에 커피잔을 두고 뒷담화를 하기 시작했다. 영준이는 이모들과 잘 지내지 않았다. 의도적이었다. 여기에 산 지 칠 년이 됐다. 더 오래된 아이들도 많지만 그 정도면 그야말로 산전수전 다 겪었다는 얘기였다. 이모들에게 마음을 열어봐야 아무것도 아니라고 했다. 가고 나면 그만이라고 했다. 그래서 새로운 이모가 들어오면 곧장 길들이기에 돌입했다. 이젠 짬밥에서나 나이에서나 밀리지 않게 되자, 권력을 행사하기 시작한 것이다.

"이모가 불러도 절대 대답하지 마."

어린아이들은 그런 말을 참 잘 들었다. 마치 유령 취급하며 아무 말도 듣지 않던 아이들 앞에서 영준이에게 욕설을 듣고 그날로 짐을 싸가지고 나간 이모가 한둘이 아니었다. 연속해서 세 명의 이모가 나가기도 했다. 이번에는 결혼해서 아이를 낳은 이모의 출산 휴가 대신, 다른 이모가 온 것이다.

24시간 근무하는 이모들도 그 스트레스가 만만치 않을 것이다. 한방에서 데리고 자야 하는 유아들을 빼고는 다소곳하고 말 잘 듣는 아이들은 별로 없었다. 형들한테 보고 배우는 건 말대답과 눈치였다.

하지만 그것으로 아이들이 나쁘다고 할 수는 없었다. 영준이만 하더라도 여자에 대한 불신이 깊게 자리 잡고 있었다.

여기서는 더 이상 쪽팔리는 가정사는 없었다. 오히려 아무렇지 않게 부끄러운 얘기들을 털어놓았다. 그건 우리들의 잘못이 아니라 부모들의 잘못이니까, 우리가 창피할 게 아니었다. 그럼에도 부끄러웠다. 다만 부끄럽지 않은 척할 뿐이었다.

나는 더 이상 이모들의 뒷담화를 듣고 있을 수 없어서 시집을 들고 살짝 빠져나왔다. 지수와 영준이는 놀이터 나무 그늘에 앉아 있었다. 영준이는 기분이 안 좋은지 입을 꼭 다물고 있다가 나를 보자, 손을 들었다.

"이제 이모들에게 욕하지 말아야겠지."

영준이가 한숨을 쉬었다. 그러곤 입을 열었다. 영준이는 아빠와 함께 살 때, 엄마가 세 번이나 바뀌었다고 했다. 홍은동에 살 때, 아빠와 새엄마가 사는 집이 오 분 거리였다. 새엄마가 전처의 자식들과는 못 살겠다고 해서 잠은 따로 자고 밥만 같이 먹는 이상한 가족으로 살았다. 아침에 일어나 아빠가 사는 집으로 가서 밥 먹고 학교에 갔다. 학교 끝나고는 그 집에서 밥 먹고 집으로 돌아와 형과 텔레비전을 보다가 잤다. 어느 날 학교에서 돌아와 보니, 아빠가 사는 집이 텅 비어 있었다. 형과 자기를 버리고 이사를 간 게 아닐까, 하고 아빠에게 전화를 했다. 다행히도 그건 아니었다. 아빠가 달려왔다. 아빠의 멍한 표정으로 알 수 있었다. 돈은 물론이고 살림 하나 남기지 않고 싹 다 가지고 도망친 거였다.

"진짜 나쁘다."

나도 모르게 말이 그렇게 나왔다.

"더 나쁜 건 친엄마야."

영준은 그건 그리 나쁜 것도 아니라고 했다. 영준은 새엄마를 욕하지 않았다. 친엄마에 비하면 아무것도 아니라고 했다. 남편과 어린 두 아들을 두고 도망친 친엄마를 할아버지가 며칠 만에 붙잡아 집에 데려왔다.

집으로 잡혀온 엄마는 아무 데도 가지 않는다고 영준과 약속을 했다. 화장실이 대문 옆에 있는 허름한 집이었는데, 엄마는 잠깐 화장실 다녀온다고 하고 나갔다. 영준은 문 앞에 있는 엄마의 자주색 구두가 그대로 있는 걸 보고 안심하고 기다렸다. 잠깐 과자를 먹다가 봐도 자주색 구두는 그대로 있었다.

문득, 과자의 빈 봉지를 털어서 입에 쏟아놓고는 올 때가 됐는데 안 와서 혹시나 하고 보니까 엄마의 자주색 구두가 보이지 않았다. 바로 금방까지 있었는데 아무리 찾아도 없었다. 화장실 문을 열어보니까 엄마가 없었다. 영준이는 엄마가 도망쳤고 다시는 오지 않을 것이라는 것을 알았다. 영준은 아직도 엄마의 자주색 구두는 잊혀지지 않는다고 했다.

아마 그때 영준의 엄마는 지금의 이모들처럼 젊은 나이였을 것이다. 나는 구질구질한 우리 집 얘기는 하고 싶지 않았다. 영준이처럼 남들에게 말할 수가 없었다. 영준이가 덤덤하게 얘기해서 그런지 지수도 별 반응이 없었다.

나는 사랑이에게 보낸 시를 영준이에게 읽어주고 싶은 마음이 일었다. 상처를 오래 품고 온 사람만이 느낄 수 있는 시였으니까. 그렇게 영준의 얘기를 듣고는 사랑이에게 보낸 그 시를 무식한 놈들에게 먼저 읽어주었다.

안팎에서 수많은 봄날을 이룩하지만 봄날,
아무도 기억하지 않는 꽃들이 세상에 왔다 가듯
내게도 부를 수 없는 상처의
이름은 늘 있다.
저물고 저무는 하늘 근처에

보람 없이 왔다 가는 저녁놀처럼
내가 간직한 상처의 열망, 상처의 거듭된
폐허,
그런 것들에 내 일찍이
이름을 붙여주진 못하였다.

그러나 나는 또 이름 없이
다친다.
상처는 나의 체질
어떤 달콤한 절망으로도
나를 아주 쓰러뜨리지는 못하였으므로

내 저무는 상처의 꽃밭 위에 거듭 내리는
오, 저 찬란한 채찍*

"뭐야?"
영준이가 짜증을 냈다.
"졸려.

---

* 류근, 「상처적 체질」 인용.

지수는 아예 반쯤 눈을 감았다. 나는 사랑이에게 보낸 시와 사랑이에 대해서 얘기하려던 마음을 거둬들였다.

사랑이를 비롯한 우리들이 공통적으로 가지고 있으며, 숨기고 있고, 꼭 치유받아야 할 상처. 그래서 난 이 시가 마음에 들었다. 사랑이라는 이름과 어울리지 않는 단어인 상처가 들어간 이 시를 나는 사랑이에게 보내버리고 말았다.

"나는 여기 들어온 날짜가 잊혀지지 않아."

영준은 여기로 이사 오기 전, 쓰레기 산더미가 있던 그 집으로 온 11월 23일, 그 날짜가 뚜렷이 생각난다고 했다. 아마도 두려움 때문이었을 것이다. 부모에게 보호를 받지 못하고 낯선 곳에 떨어졌다는 불안. 나 역시 그랬다. 초등학교 3학년인 영준이가 집을 떠나서 형과 함께 시설에 들어왔을 때의 두려움. 난 그 막연한 두려움을 안다. 그리고 그 두려움이 현실로 맞닥뜨릴 때의 공포.

새로 온 아이는 늘 힘을 테스트 당했다. 먼저 온 고참들은 어느 정도의 힘을 가지고 있는지 싸움을 시켰다. 먼저 제일 약한 놈하고 한판 시키고, 그놈한테 지면 지질이로 전락해서 더 약한 놈이 생길 때까지 당하고 살아야 했다. 설사 제일 센 놈한테 이긴다 해도 형들에게 맞는 것까지 피할 수는 없었다.

원장님과 이모들의 눈을 피해서 새로 아이가 들어올 때마다 싸움판을 벌였다. 열 살짜리에게는 너무 무서운 세계였다. 영준과 함께 들어온 두 살 위의 형은 맞다가 도망치고, 다시 들어왔다가 또 도망치고 결국은 같이 있지 못했다.

"나도 어떤 형한테 맨날 맞았잖아. 그래서 도망쳤잖아."

영준이는 매일 때리는 형을 피해서 도망쳤는데 갈 데가 없어서 동네를 맴돌다가 그 형을 만나서 하루 만에 잡혀왔는데 그 이후로는 다시 영준이를 때리지 않았다고 했다.

물론 지금은 예전처럼 그러지는 않았다. 영준이는 자신이 당했기에 어린아이들을 때리는 걸 용납하지 않았다. 그래도 폭력의 전이는 끊어지지 않았다.

영준이의 형은 인천에 있는 그룹 홈에서 산다고 했다. 공부 대신 음악을 택했고 기타를 치며 노래를 부른다고 했다. 홍대 앞에서 가끔 공연도 한다고 했다.

얼마 전, 여기에 온 지 칠 년 만에, 아버지가 몇 번째인지도 모르는 새 여자와 함께 찾아와서 형과 함께 만난 얘기를 또 했다.

그동안 모른 척했던 걸 한꺼번에 보상하려는지 아버지는 더 이상 먹을 수도 없는데 갈비를 계속 시키고, 베스킨라빈스에 데려가 제일 큰 아이스크림을 먹이고, 피자까지 먹자고 해서 죽는 줄 알았다고 자랑질을 했다.

"영화관도 갔는데 또 팝콘과 콜라를 세트로 사주는 거야. 그래서 버리고 왔잖아."

그날 노래방도 갔는데 몹시 기분이 좋았던 것 같다. 아버지의 새 여자는 영준이에게 노래를 잘 부른다고 칭찬해주었는데, 영준이는 싫지 않았는지 자기를 칭찬했다는 말을 계속했다.

그 이후로 영준이 아버지는 매달 영준의 체크카드에 오만 원씩 용돈을 넣어주었다. 친구들과 노느라 용돈을 다 써서 달이 바뀌는 첫날 전화해서 용돈을 보내달라고 하면 바로 넣어준다고 했다. 용돈 때문인지 영준이의 어깨가 많이 올라갔다. 얼굴이 훨씬 밝아진 건 사실이었다.

"기다려봐. 형네 아버지도 찾아올 거야."

영준이가 갑자기 내게 미안한 표정으로 말했다.

"오랜만에 만나니까 되게 어색하더라. 할 말도 없고."

영준이는 나를 위로하려고 했지만 나는 알고 있었다. 여기 사무실 전화도 받지 않고 연락을 끊은 아버지가 나를 찾지는 않을 것이다.

십 년 만에 아들을 찾아온 아버지들도 더러 있긴 했다. 아버지를 만나고 온 아이들은 너무 어색해서 죽을 뻔했다고 허풍을 떨었다.

"이제부터 돈 함부로 쓰지 않을 거야."

영준이가 진지하게 말했다.

든든한 백이 생겨서 그런지 영준이는 처음엔 돈을 막 써댔다. 아버지에게 용돈 오만 원을 받은 날, 편의점에서 그날로 다 써버리기도 했다. 친구들한테 한턱내겠다고 하나씩 고르라고 했다. 신이 난 친구들은 평소 먹어보고 싶었던 만두와 피자, 바비큐 닭강정 등 냉동음식 종류를 전자레인지에 신나게 돌려댔다. 컵라면이나 삼각 김밥은 너무 질려서 쳐다보지도 않았다.

영준이나 지수의 친구들은 돈을 많이 썼다. 집이 부자라서 용돈이 많은 놈도 있었지만 돈을 만들어서 쓰는 놈들도 있었다. 영준은 얼마 전에도 예전에 그랬듯이 생일빵을 걸었다. 내 생일이니까 알아서 내라는 영준의 말을 듣고 누군가가 교내 폭력위원회에 신고했다. 요즘은 그놈의 폭력위원회 때문에 문자질도 제대로 못한다고 했다. 욕이라도 쓰면 뚜렷한 증거물로 남는다는 것이다. 다행히 처벌은 받지 않았지만 경고를 받고, 폭력상담을 아직도 받고 있다고 했다.

"야, 그래도 나는 십육만 원이나 걸었어. 대신 제대로 생일빵 당했잖아. 등하고 팔에 멍이 들고 얼마나 아팠는데. 그래도 공돈 생기고 친구들에게 케이크를 두 개나 받았잖아."

지수는 신나서 떠들었다.

영준이는 누구보다도 의리를 중요시해서 믿을 만했다. 그렇지 않다면 지수와 저렇게 붙어 다니지는 않을 것이다. 같이 노는 세계에서 제일 중요한 건 신뢰였다. 지수도 역시 의리의 사나이였다. 지수가 늘 부르짖는 게, 사람이 처음과 끝이 같아야 한다는 거였다. 그래서 친구들 사이에 뒷담화 하는 놈은 용서하지 않고 바로 잘라냈다.

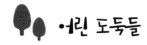 어린 도둑들

"오토바이 타고 싶다."

오늘은 얌전히 일찍 들어와 저녁까지 먹은 지수가 몸부림을 쳤다. 지수는 오토바이 면허도 따놓았다. 슬쩍한 오토바이로 광란의 질주를 해본 놈들이라서 다시 바람이 부는 것 같았다.

오늘 같은 날은 나도 오토바이를 타고 싶었다. 미친 듯이 달리면 가슴이 뻥 뚫릴 것 같았다. 고작 며칠이 지나지도 않았는데 오지 않는 사랑이의 답장 때문에 답답해서 미칠 것 같았다.

"나도 태워주면 안 돼?"

난 종종 지수가 타고 다니는 치킨집의 그 배달 오토바이라도 타고 싶었다.

"진짜? 왜 그래? 무슨 일 있어?"

지수가 눈을 번쩍였다.

"여자한테 차였어?"

지수의 눈빛이 음흉했다. 나는 저 타락한 영혼인 지수에게 사랑이를 내놓고 싶지 않았다.

"난 오토바이 싫어."

옆에 있던 영준이가 고개를 흔들어댔다. 영준이가 오토바이라면 정나미 떨어져 할 만도 했다. 노란 바구니가 달린 중국집 오토바이가 아니라 멋있는 오토바이를 타고 싶은 욕망에 부풀어 올랐을 때, 영준은 위험한 선택을 했다. 여기에 사는 아이들이 제일 쉽게 빠질 수 있는 범죄가 절도였다.

영준이 같이 어울리는 친구 중의 한 명이 부잣집 아들이었다. 엄마와 아빠가 따로 갈빗집과 대형 마트를 했다. 또 새로 지은 상가도 몇 개나 가지고 있다고 했다. 그 집에는 항상 현금이 넘쳐났다. 그 집의 아들인 친구 놈이 입만 열면 자랑질을 했고, 몰래 슬쩍 빼낸 돈을 팍팍 써댔다. 돈으로 친구를 사귀는 놈이었다. 그런 친구 한 놈쯤 있는 것도 그리 나쁘지는 않았다. 오토바이를 사고 싶었던 친구들은 그놈이 자기 집으로 데려가기를 기다렸다. 계획된 범행이었다. 지수는 낌새를 알아채고 가지 않았지만 영준은 따라갔다.

그놈은 게임 중독이었다. 게임을 하면 정신이 없는 놈이었다. 놈이 자기 집에서 게임을 시작하자, 영준은 그 옆에서 같이 하면서 망을 봤다. 다른 두 놈은 놈의 안방으로 들어가서 봉투 몇 개를 들고 나왔다. 정말 그 집에는 서랍을 열면 흰 봉투가 쉽게 눈에 띄었다고 했다. 친절하게도 봉투에는 200, 300, 500이라는 숫자로 돈의 액수까지 적어놓았다고 했다. 급하게 봉투 세 개를 들고 나왔는데 천만 원이라는 거액이었다. 간이 큰 놈들이었다.

그 돈을 셋이서 똑같이 나누고 오토바이를 샀다. 오토바이는 공동으로 쓰기로 하고 하나만 샀다. 중고 오토바이를 80만 원 주고 사서 튜닝을 멋지게 했다. 그러나 몇 번 타지도 못했는데 동네 형한테 뺏겼다. 다시 오토바이를 샀다. 이번에는 조금 더 좋은 것으로 사고 튜닝도 했다. 또 뺏기고 말았다. 남은 돈으로 다시 오토바이를 사고, 설마 이번에는 뺏기지 않겠지 하고 백오십만 원이나 들여 튜닝을 했다. 하지만 양아치 형들이 이번에도 그냥 두지 않았다. 또 빼앗겼다. 이젠 돈도 남아 있지 않았다.

마지막으로 값싼 오토바이를 사서 튜닝도 하지 말고 그냥 소박하게 타보자고 했다. 돈을 구할 수 있는 제일 쉬운 방법은 현금이 풍부한 집에 가서 슬쩍 가지고 나오는 것이었다. 돈을 구하러 다시 그 집을 갔다. 친구가 혼자 있는 줄 알고 벨을 눌렀다. 그 시간에 집에 있을 사람은 친구 놈밖에 없었다. 그러나 문을 열고 나온 건 놈의 엄마였다. 도둑이 제 발 저린다고 엉거주춤 횡설수설하던 놈들은 경찰서로 넘겨졌다.

의리를 외치던 영준은 친구들의 의리로 무사했다. 영준이도 그 집에 함께 간 건 맞지만 영준이는 몰랐고 자기 둘이 훔쳐서 둘이서만 나눠 가졌다고 서로 입을 맞추었다. 영준이는 완전히 빼주었다. 두 놈은 일인당 오백만 원씩 주고 합의를 봐야 했다.

그래도 그 돈 많은 집 아들놈은 아직도 영준, 지수와 어울렸다. 공부는 하기 싫고, 놀고 싶고, 다른 애들은 재미없고, 자기를 무시해도 여전히 집에서 조금씩 돈을 슬쩍해서 친구들에게 썼다. 아직도 돈이면 친구를 얻을 수 있다고 생각하는 놈이었다.

그런 놈들은 왜 그렇게 사는지 궁금했다. 좋은 집에서 자기가 하고 싶은 거, 마음껏 하며 신나게 살 수도 있을 텐데. 공부 말고 다른 멋진, 신나는 것은 없는 걸까. 나에게도 돈 많은 부모가 있었으면 난 무엇을 하고 싶었을까.

어쨌든 화려한 겨울방학을 보내고 고등학생이 된 그들은 달라졌다. 좀 더 어른의 세계에 다가가서 그런지 여유와 부드러움이 보였다. 영준은 이제 그런 짓 하지 않겠다는 듯이 이런 포부까지 밝혔다.

"난 우리 아빠와 엄마처럼 살지 않는 게 목표다."

그래서 좋은 직장을 얻어서 결혼을 하고 행복하게 살고 싶다는 것이다. 여자를 고를 때 얼굴을 보지 않을 것이며, 착하기만 하면 된다고 했다. 그렇게 진지해질 때 지수는 꼭 초를 쳤다.

"넌 여자 친구도 얼굴 안 보잖아. 너무 안 보잖아."

지수가 보기에 영준이 여자 친구 얼굴이 너무 예쁘지 않다는 거였다. 나는 영준이의 여자 친구 얼굴을 보지 못했으나 늘 붙어 다니는 지수는 그동안 영준이가 만났던 여자아이들의 얼굴을 모두 감상했다.

사랑이는 왠지 예쁠 것 같았다. 청순하고 지적이고 유쾌한 아이일 거라는 나만의 환상에 빠져 있었다.

"근데 그 여자아이는 왜 울었을까?"

영준의 예전 여자 친구가 영준이 시설에 산다고 하자 눈물을 터뜨렸다고 했다. 처음에는 여자 친구가 영준이 사는 집을 궁금해했다. 어디 사냐고 물어봤지만 영준이는 대답하지 않았다. 굳이 시설에 산다고 밝히고 싶지 않았다. 부끄럽지 않다고 하면 거짓이었다. 어디 사는지 가르쳐주지 않아서 삐친 여자 친구 때문에 영준이는 솔직히 말해야 했다. 왜 우냐고 했지만 대답하지 않고, 나중에 얘기해주겠다고 했다. 하지만 곧 헤어졌다.

영준이는 여자 친구에게는 여기에 산다고 말하고 싶지 않다고 했다. 같이 노는 친구들이야 어차피 알지만 굳이 알리고 싶지는 않다고 했다.

영준이와 지수는 여자에 대한 견해로 이 더운 여름날, 열을 뿜어댔다. 영준이는 안정된 가정생활을 위하여 여자 얼굴은 보지 않을 것이라고 했다. 착하기만 하면 된다고 했다. 결혼하면 든든한 가장이 될 것 같았다.

"남자는 일찍 결혼하면 안 돼. 남자로서의 인생을 즐겨야지. 결혼하면 여자한테 잡혀 살아서 될 수 있으면 늦게 해야 돼."

이제 겨우 열일곱 살짜리가 하는 말치고는 너무 되바라졌다.

"넌 여자 친구 만나서 백 일이 넘도록 겨우 손만 잡아봤지."

지수가 영준이를 놀렸다. 아무래도 지수 놈이 수상했다. 분명 여러 여자를 어장관리 하면서 놀아날 놈이었다.

지수와 내가 있었던 아동상담센터는 문제가 있는 아이들을 치료하기 위한 곳이었다. 지수와 나는 전력이 비슷했다. 가출과 ADHD. 거의 대부분의 아이들이 이외에도 도벽, 게임 중독, 폭력 등의 문제를 치료받으면서 생활했다. 지수는 술과 담배를 아버지한테 일찌감치 배웠다고 했다. 술과 담배에 너무 관대한 아버지는 인생도 간섭하지 않았다.

담배를 일찍 시작해서였는지 못 말리는 골초였다. 어떨 때는 하루 두 갑까지도 피웠다. 요즘은 간이 부었는지 전자담배까지 가져와서 잠자리에서도 피웠다. 연기가 수증기처럼 사라져서 다른 방에서 자는 이모는 몰랐다. 거기다가 무슨 약물을 섞어서 향과 색이 야릇했다.

지수가 초등학교 때부터 가출을 한 건 이상한 목사님 때문이라고 했다. 아버지는 어떻게 됐는지 모르겠지만 경제력이 없는 엄마대신 목사님이 지수 형제를 맡았다. 그 목사는 지수에게 미국까지가서 공부를 시켜준다고 했다. 그 공부는 목사가 되기 위한 것이었다. 그래서 여권하고 비자까지 만들었는데 지수는 미국에 가기싫었다고 했다. 목사가 될 생각은 꿈에도 없어서 도망을 쳤다. 그러다가 다시 돌아갔다.

어느 날 PC방에서 몇 시간이나 게임을 하고 온 지수에게 목사는 귀신에 씌었다고 가죽 벨트로 때렸다. 귀신이 나가야 한다고마구 때렸다. 목사야말로 귀신에 씌인 듯 정신없이 때려서 지수는도망쳤다.

여기로 옮겨왔을 때, 그 목사와 같이 살던 지수의 동생도 가출했다가 이곳으로 왔다. 엄마와 목사가 여기로 찾아왔지만 지수는다시는 보고 싶지 않다고 만나지 않았다. 세상에 사이비 종교가많다지만 벨트로 때리는 목사는 결코 좋은 사람은 아닌 것 같았다. 그런데도 지수는 언제나 밝고 스트레스도 별로 없어 보였다.

"형, 요즘 이상해. 무슨 일 있지?"

지수가 이상한 눈빛을 내게 보냈다.

오티쿠 🌿

무슨 일인지 원장님이 우리 방으로 들어왔다. 불심검문이었다. 원장님은 현관을 들어서며 아이들이 아무렇게나 벗어던진 신발을 가지런히 놓았다. 누군가 버린 껌 종이도 주워서 쓰레기통에 버렸다. 이럴 때 제일 긴장하는 게 이모였다. 이모는 방에서 간식을 먹이던 아기와 같이 나왔다. 이모의 입에도 아기의 입에도 요플레가 묻어 있었다.

원장님이 우리 방으로 쑥 들어왔다. 그러더니 옷장 문을 하나씩 열어봤다. 원장님은 결코 몰래 옷장을 뒤지는 사람은 아니었다. 분명 뭘 찾는 것 같았다. 담배 따위는 찾지도 않았다.

"여기 아닌가?"

원장님이 중얼거렸다.

"누구, 찾으시는데요?"

원장님은 오타쿠를 찾았다. 오타쿠는 옆방이었다. 큰일이었다. 원장님이 나날이 기억력이 흐려지고 정신력이 약해져서 우리들에게 하루 한 끼의 밥만 주라고 하는 날이 오지 않을까, 걱정이 됐다.

원장님은 다시 신발을 신고 나갔다. 이모가 나보고 잠깐 아기를 데리고 있으라고 했다. 하지만 놈은 가만히 있지를 않고 기어코 내 손을 뿌리치고 옆방으로 달려갔다. 갓난아기 때부터 살아서 늙은 원장님을 엄마처럼 따랐다. 이모는 얼굴이 바뀌었지만 원장님은 언제나 그대로였다. 나 같으면 절대 그러지 못하는데 원장님만 보면 달려가서 안겼다. 식당에서 밥을 먹다가도 원장님만 보면 품에 가서 안겼다.

옆방, 현관에 발을 디디는 순간 깜짝 놀랐다. 신간 만화책이 널브러져 있었다. 『신만이 아는 세계』, 『사상 최강의 제자 켄이치』. 와, 대박이었다. 게다가 『원피스』와 『러브 다이어리』 최신호까지 있었다. 『러브 다이어리』는 19금이었다. 당연히 오타쿠는 사지도 보지도 말았어야 했다. 하지만 인터넷으로 사는 건 식은 죽 먹기였다. 사실 『러브 다이어리』는 성교육으로 정말 훌륭한 책이었다. 학교에서 배우는 아무짝에도 쓸모없는 것들과는 차원이 달랐다. 아주 실용적인 성교육이 리얼하게 되어 있다.

원장님이 다시 오타쿠의 옷장을 습격했다. 옷장에도 그동안 모은 만화책이 한가득이었다. 자기 아버지가 가끔 주는 돈으로 몽땅 만화책을 사는 오타쿠였다.

"도대체, 이런 걸 왜 사는 거야?"

　원장님은 힘이 드는지 한숨을 쉬었다. 얼굴에서 땀이 흘러내렸다. 계단을 오르고 내릴 때마다 무릎이 아파서 절뚝거렸다. 저 나이의 할머니가 관리하기에 우리들은 너무 많고 감당이 안 될 것이다.

"돈 아깝게 뭐하는 거야? 이 돈이 거저 생기는 건 줄 알아?"

　오타쿠가 없는데도 그놈에게 말하는 것처럼 목소리를 높였다.

"사무실로 또 택배가 왔잖아. 한 상자나. 그동안 나 몰래, 어떻게 또 이렇게 쟁여놓은 거야? 이모?"

　드디어 화살이 이모에게로 갔다. 어쨌든 나는 신났다. 아무리 화가 났어도 원장님은 저 따끈따끈한 신간을 내다버리거나 불태워버리지는 않았다. 또 1층 컴퓨터실 앞, 복도 난간에 두고 아무나 보게 할 것이다. 내일부터는 심심하지 않을 것이다. 나는 이모를 도와서 1층으로 이 재미있는 만화책들을 날라다주고 싶었다. 하지만 화가 가라앉지 않은 원장님 때문에 가만히 있었다. 불난 집에 부채질하는 밉상은 되고 싶지 않았다.

　별명이 오타쿠인 그놈은 특별히 식탐이 많지는 않지만 몸이 점점 불어갔다. 손가락으로 살을 쿡 찌르면 밑도 끝도 없이 들어가

버릴 것 같다. 게다가 얼굴은 사람들의 호감을 받을 귀여운 구석
도 없었다. 특히 돼지를 연상시키는 두껍고 뒤집힌 입술은 도저히
여자와의 키스를 상상하기 어려웠다.

그놈은 용돈만 생기면 만화책을 샀다. 인터넷으로 주문할 때면
아버지가 보낸 택배처럼 했다. 옷장 문을 열면 수백 권의 만화책
이 금괴처럼 차곡차곡 쟁여 있었다. 할머니 원장님은 쓸데없는 만
화책을 돈 주고 산다고 용돈을 주지 않을 거라고 여러 번 협박했
었다.

나 역시 만화나 소설 등 장르를 가리지 않고 읽지만 만화가 질
릴 때가 있었다. 요즘은 워낙 장르가 다양하지만 캐릭터의 차이일
뿐 스토리는 점점 더 황당해지고 있었다. 인터넷을 마음대로 사용
할 수 있다면 웹툰을 보는 것도 괜찮았다. 웹툰은 만화보다는 거
기에 달린 댓글들이 압권이었다. 정말 세상에 웃긴 놈들이 많았다.

세상 근심 없이 만화책을 끼고 있는 오타쿠의 엉덩이가 방학 동
안에 더 퍼져갔다. 입술 주위에 수염까지 듬성듬성 나고, 이 더운
여름날에 긴팔 추리닝까지 입고 있어서 제대로 폐인의 모습이었
다. 다른 아이들하고는 잘 어울리지 않고 오로지 만화책만 들여다
보는 오타쿠. 차라리 만화가라도 되면 좋겠다. 캐릭터는 딱이었다.

오타쿠의 동생은 유전자의 구성이 많이 다른 것 같았다. 여자보
다 더 슬림한 몸을 가졌다. 교복을 비롯한 모든 바지를 꽉 끼게 줄

여 입었다. 키가 작아서 그렇지 걸그룹의 라인이 나왔다.

오타쿠 동생의 꿈은 연예인이었다. 연예인이 꿈이라고 하는 것은 나는 아주 황당무계한 인간이고 별로 생각이 없는 놈이라고 선언하는 것과 마찬가지였다. 노래를 잘하지도 못하고, 얼굴이 잘생기지도 않고, 키가 큰 것도 아니고, 도대체 어떻게 연예인이 된다고 입만 열면 까부는지 생각이 없어 보였다. 오타쿠의 동생이 뛰어 들어왔다.

"오, 마이 갓!"

바닥에 떨어진 오타쿠의 책들을 보고 소리 질렀다. 여기에서 받는 한 달 용돈 삼만 원으로는 살 수 없는 양이었다. 오타쿠와 동생은 가끔 아버지를 만났고 그때마다 용돈을 받았다. 이번에 아버지를 만난 다음에 오타쿠의 동생은 머리를 짧게 자르고 왔다.

"웬일이냐? 왜 이제부터 맘 잡고 공부하게?"

"아니, 스트레이트 하게."

오타쿠의 동생은 곱슬머리로 학교에서 걸리지 않을 정도로 최대한 길게 머리를 늘어뜨리고 다녔다. 다른 사람이 보기엔 갑갑하고 지저분해 보였으나 본인은 몹시 멋있다는 착각 속에 빠져 있었다.

"아버지가 이번에 머리 단정히 자르면, 다음엔 길게 길러서 스트레이트파마 하게 해준다고 했어."

참 착한 아들이었다. 그렇다고 단번에 저렇게 머리를 짧게 자르다니 대단했다. 곱슬머리 때문에 항상 스트레스를 받아서 생머리 애들을 부러워했다. 생머리를 하면 자기 얼굴이 뭐 얼마나 달라 보인다고 잔뜩 기대에 부풀었다. 오타쿠는 왜 여기에 들어왔는지 입을 열지 않았다. 언제나 오타쿠의 동생이 까발렸다.

"우리도 한때는 부자였어."

유리공장을 하던 아버지가 IMF로 망해서 그렇지 그 전에는 엄청 럭셔리하게 살았다고 했다. IMF는 1998년이었고 놈은 1997년에 태어났다. 그러니까 럭셔리한 생활은 말로만 들은 것이다. 1998년 이후에는 지하 셋방을 전전하다가 아버지와 엄마가 이혼하고, 아버지 혼자 키울 수 없어서 여기로 보낸 것이다.

오타쿠는 빈 옷장을 보면 어떻게 할까.

킬러 🌳🌳

　시간은 언제나처럼 더디게만 흘러갔고 나는 책을 읽을 수 없었
다. 그래서 그 시집만 읽고 또 읽었다. 사랑이는 이런 시를 싫어하
는 것인지도 몰랐다. 아니면 이제는 이러닝을 안 하는 것인지, 시
설에서 나간 것인지도 모르겠다. 사랑이가 어느 시설에 사는지 몰
랐다. 하지만 아이디로 추적할 수 있었다. 아이디의 이니셜은 시설
의 약자였다. 그러니까 시설의 아이들은 똑같은 아이디에 숫자만
달랐다.

　은결이가 징징거리며 달려왔다. 아이들이 울면 뻔했다. 누군가
한테 맞거나 뭘 뺏겼거나 둘 중 하나였다. 하지만 몇 대 맞았다고
일러봤자 뾰족한 대책이 없어서 대개는 자기 혼자 씩씩대다가 넘

어갔다. 여기에 온 지 얼마 안 되는, 아직 적응을 못한 놈들이 더 맞는 줄도 모르고 이르곤 했다.

은결이는 6년차였다. 그런데 이모한테 울면서 달려온 건 좀 심각한 얘기일 수 있었다.

"이모, 성주 형이, 때렸어요."

울음 섞인 목소리 때문에 제대로 듣지 못했지만 우리는 그렇게 들었다. 성주는 고등학교 3학년으로 나와 나이가 같았지만 서로 아는 척하지 않고 지냈다. 애들은 그놈을 킬러라고 불렀다. 불길했다.

"너를 왜 때려?"

이모는 아직 모르기 때문에 그렇게 물었다.

"때린 게 아니라 뚫었어요."

은결이가 울면서 소리쳤다. 그리고 엉덩이에 손을 갖다 댔다. 그래도 이모는 감을 잡지 못했다.

"왜 그래, 그게 무슨 말이야?"

이모가 은결이를 달랬다.

"성주 형이 내 똥꼬에다 넣었어요. 아파요."

이모는 처음에는 무슨 말인지 이해하지 못했고, 그다음에는 놀라서 어쩔 줄 몰랐다. 이모가 은결이를 이모 방으로 데리고 갔다. 그새 아이들이 몰려와 수군거렸다.

"또 그랬대. 은결이한테."

"와, 진짜……."

아이들은 할 말을 잃었다.

"한결이 형도 당했다던데."

"정말?"

초등생들은 몸서리를 쳤다.

야동 중독자 성주. 야동을 보지 않는 남자아이들은 없다. 하지만 성주는 그 정도가 심했다. 이상한 사진을 오려서 가지고 다니는 건 기본이고 버젓이 방에서 야동을 보다가 걸린 적이 한두 번이 아니었다. 식욕이 곧 성욕이라는 말이 진리라도 되는 것처럼 식탐도 대단했다. 이번 캠프 때도 그 조의 아이들은 굶어 죽을 지경이었다. 명색이 나이가 제일 많은 조장이면서 어린아이들을 먼저 챙기는 게 아니라 다른 아이들 것까지 다 먹어치워서 결국 다른 조에서 남기는 걸 얻어다 먹어야 했다.

한결이도 당했다니, 나는 모르는 일이었다.

"원장어머니가 너무 화가 나서 한 번만 더 그러면 쫓아낸다고 했대."

한결이가 이 일을 알면 어떻게 할지 걱정이 됐다. 오늘 저녁에는 알게 될 텐데. 정말 구제 불능 나쁜 놈이다. 어떻게 형제에게 그런 짓을 할 수 있을까. 그래서 한결이가 부쩍 우울해지고, 아침부터 학교도 가지 않고 폭죽을 터뜨린 것이다. 폭죽이 터져서 불이 났다는 건 거짓말일 수도 있었다.

"나한테 그러면 가만히 안 있을 거야."

"그럼, 어쩔 건데?"

"확 잘라버릴 거야."

"진짜?"

초딩 놈들은 좋다고 웃으면서 나갔다. 다른 방의 삼촌이 와서 은결이를 데려갔다. 이모도 따라갔다. 우리들의 외출용 차, 회색 봉고차에 은결이와 원장님, 삼촌, 이모가 올라탔다. 어디 외출이라도 하는 가족 같았다.

"어디 가는 거지?"

"병원 간대."

"삼촌이 미리 병원에 전화하던데. 수술 환자 간다고. 찢어져서 꿰매야 한대."

"와!"

"그 새끼, 진짜 죽방을 날려버려."

"에이, 그 앞에 가면 꼼짝도 못하면서."

그랬다. 고등학교 3학년이면 제일 맏형으로서 아무도 대들지 못했다. 나한테 하는 것과는 완전히 달랐다. 나한테는 뭐 거의 맞먹어버렸다. 그 킬러는 엄청난 식욕으로 눈총을 많이 받았다. 얼굴 생긴 것도 그만하면 괜찮았다. 대학을 가지 않으면 졸업과 동시에 취업을 하고 여기에서 나가 독립을 해야 했다. 그러니까 여기 살 날이 얼마 남지 않은 것이다. 저놈은 나중에 고개 들고 여기를 찾아오지 못할 것이다.

한결이 방으로 갔다. 한결이에게 뭐라고 위로해주려고 갔지만 할 말이 없었다. 표정이 안 좋았다. 어떤 촉새 같은 놈이 그새 일러바쳤는지 몰랐다. 한결이는 그대로 침대에 누워버렸다. 이럴 때 한결이 아버지에게 전화한다면, 아버지는 달려와 줄까. 한결이가 먼저 전화하지 않으면 연락하지 않는 아버지였다. 다른 남자와 살다가 병에 걸려 입원 중이라는 엄마한테 연락한들 무슨 소용이 있을까.

야동 중독에는 상담 치료가 전혀 효과를 발휘하지 못했다. 앞으로 이런 일이 또 생기지 말라는 법은 없었다. 그래도 평소에는 아무렇지 않게 다니는 킬러. 앞으로는 쪽팔려서 고개를 들지 못할 것이다.

저녁 먹을 시간이 됐다. 한결이를 흔들까 하다가 혼자 내려왔다. 오늘이 복날인지 삼계탕 냄새가 났다. 모두들 닭 한 마리씩 담긴 대접을 들고 자리에 앉아서 먹고 있었다.

그놈, 킬러는 이 와중에도 벌써 내려와서 닭다리를 뜯고 있었다. 아무 일도 없었다는 듯이 맛난 음식을 먹고 있는 지금 이 순간이 제일 행복하다는 표정이었다.

입맛이 없었지만 나는 닭 안에 들어 있는 찹쌀 죽을 먼저 떠먹었다. 그런대로 맛이 있었다. 늘 그렇듯이 떠들썩한 식사 시간이었다. 게다가 아이들이 좋아하는 삼계탕이라 말소리가 더 컸다. 그런데 갑자기 말소리가 끊겼다. 나는 삼계탕 그릇에 수그렸던 고개를 들었다.

한결이가 그놈, 킬러 앞에 서 있었다. 킬러는 완전 무시하고 닭뼈를 쪽쪽거리며 빨았다. 추해 보였다. 한결이가 들고 있던 삼계탕 그릇으로 킬러의 얼굴을 갈겼다.

"이것도 처먹어라. 돼지새끼야."

"뭐? 이 새끼가 씨발 죽고 싶냐?"

킬러가 얼굴에 흘러내리는 진한 육수를 손으로 쓸어내리며 말했다. 자기 방에서 데리고 자는 아기를 옆에 두고 밥을 먹던 이모들도 그대로 있었다.

한결이는 킬러를 노려보았다. 너무 분해서 어떤 말도 나오지 않는 것 같았다. 그때 병원에 갔던 삼촌이 들어왔다.

"넌 그만 처먹고 올라가!"

삼촌이 킬러를 올려 보냈다.

"너, 따라와."

킬러를 좇으면서 죽일 듯한 눈빛을 보내는 한결이에게 말했다. 삼촌은 가지 않겠다는 한결이를 억지로 끌고 나갔다.

식당이 조용했다. 이모들은 아기들에게 다시 밥을 먹이기 시작
했다.

"아, 씨발, 밥맛 떨어져."

재모가 겁도 없이 욕을 해댔다.

"조용히 해라."

오늘은 어쩐 일로 일찍 들어온 영준이가 목소리를 깔았다. 나도
더 이상 닭다리를 뜯고 싶지 않았다.

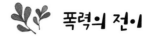 폭력의 전이

방으로 올라가니까 새로 들어온 물곰이 짐 가방을 들고 서 있었다. 여전히 얼굴은 퉁퉁 불어 보였다. 손가락으로 쿡 찔러보고 싶은 충동이 일었다. 벌써 삼계탕을 다 먹고 왔는지 입 주위에 기름기가 번들거렸다.

"뭐야?"

지수가 들어서며 물었다.

"어머니가 오늘부터 이 방에서 자래요."

시무룩한 목소리가 다 죽어갔다.

"왜?"

고개를 숙인 물곰은 대답하지 않았다. 그때 마침 이모가 들어왔다.

"저기 저 침대 쓰면 돼."

이모가 비어 있는 침대를 가리켰다.

"왜, 이 방 써요? 더워 죽겠는데. 저놈 보기만 해도 덥고 짜증 나."

이모는 대꾸도 하지 않고 자기 방으로 들어가 버렸다. 물곰은 가방을 들고 자기 침대에 가서 앉았다. 주인이 버리고 간 강아지처럼 웅크리고 앉아 있었다. 방을 바꾸는 이유는 하나였다. 누군가가 물곰을 괴롭혔기 때문이다. 아마도 새로 들어온 물곰을 때렸을 것이다. 일종의 통과의례였다.

아닌 게 아니라 물곰, 놈을 보기만 해도 더웠다. 발목까지 내려오는 바지는 원래 칠부 바지인데 어른 것이다 보니까 발목까지 내려왔다. 거기다가 밑은 다 해어져서 팬티가 비쳤다.

이 더운 여름, 학교도 가지 않는 날 또 사고가 터졌다. 방학이라 저녁 공부 시간을 대충 넘기는 날도 많았다.

"다 내려오래."

땀을 흘리며 뛰어온 초딩이 말했다.

"누구?"

우리가 물었다.

"이 방에 있는 사람, 다."

놈이 얼른 나오라고 손짓을 했다.

"누가?"

가만히 있어도 땀이 삐질삐질 나와서 움직이기 싫은데 무슨 일인가 싶었다. 슬리퍼를 찾아 신고서 1층으로 내려왔다. 사무실에 불이 켜져 있었다. 이 시간이면 사무실 직원들은 다 퇴근해서 아무도 없었다. 사무실 문을 잠그고 원장님은 자기 방에 있는 시간이었다.

사무실 안에서 원장님이 어떤 남자에게 고개를 숙이며 뭔가를 설명하고 있었다. 우리들을 보자마자 얼른 들어오라고 손짓을 했다. 그러자 남자가 고개를 돌렸다. 몸은 거구인데 술 냄새가 확 풍겼다. 햇볕에 그을린 얼굴, 불안하고 충혈된 눈동자, 어떤 비싼 옷을 걸쳐도 폼이 나지 않는 그런 스타일이었다.

"어떤 새끼야?"

남자는 다짜고짜 소리부터 질렀다. 우리는 도대체 저 남자가 한밤중에 술 처먹고 와서 왜 지랄을 떠는지 몰라서 서로 얼굴만 쳐다봤다.

"아빠."

그때였다. 맨 끝에 서 있던 물곰이 다 죽어가는 목소리로 그렇게 불렀다. 우리는 놀라서 물곰을 쳐다봤다.

"인사드려, 동진이 아버님이셔."

비만한 유전자는 아버지한테 물려받은 것이 확실했다. 거기다가 오랫동안 노가다를 한 사람 특유의 맷집이 있었다. 제대로 한

방 맞으면 그대로 나가떨어질 것 같았다.

"이 새끼들이 지금 텃세를 하는 거야? 왜 아무 이유 없이 애를 때리는 거야. 내가 여기 살라고 보냈지, 맞으라고 보낸 줄 알아?"

그제야 무슨 얘기인지 이해가 갔다. 우리는 너무 어이가 없어서 헐, 하는 표정으로 서로의 얼굴을 쳐다봤다. 원장님은 계속 죄송합니다, 하고 고개를 숙였다. 주의를 줘서 앞으로 그런 일 없게 하겠다고 고개를 조아렸다.

"한 번만 더 그래 봐. 다 죽여버린다."

너무 늙은 할머니 원장님은 기억력이 하루가 다르게 나빠졌다. 물곰이 오늘 방을 옮긴 것을 잊어버렸다. 우리 방이 아니라 어제까지 물곰이 있었던 방의 아이들을 불렀어야 했다. 그렇다고 해서 그 방 애들을 다시 불러다가 사실은 얘네들이 때린 거예요, 할 수도 없는 노릇이었다.

"무릎 꿇고 빌어!"

물곰 아버지가 소리쳤다.

물곰 아버지는 술이 다 깰 때까지 화를 풀 작정인 것 같았다. 늙은 원장님은 이 사태를 혼자만 감당하기에 너무 힘이 부쳤다. 계속 손수건으로 땀을 닦아냈다. 차라리 한 대씩 때리고 말지 무릎을 꿇으라니, 진짜 황당했다. 나와 마찬가지로 속이 부글부글 끓어오르는 지수와 영준이는 입으로 씨발, 거렸다. 원장님이 그러지 말라고 눈짓을 했다.

영준이는 물곰에게 너 두고 보자, 그런 눈빛을 보냈다. 물곰은 안절부절못했다. 자기 아버지가 언제까지나 지켜주지는 못할 것이다. 매일 이리로 뛰어오지도 못할 것이다. 슬쩍 지수를 쳐다봤다. 혹시 또 폭발해서 들이박을까 봐 걱정이 됐다. 그러면 진짜 큰일이었다.

"그래, 아버님한테 잘못했다고 빌어라."

아, 우리 원장님. 50년 경력의 노하우였다. 이럴 땐 섣부른 위로와 변명이 아무런 소용이 없고, 술주정하는 인간과 상대해봤자 입만 아프고 괜히 잘못 건드렸다가는 어떤 불상사가 일어날지 모른다는 걸 너무 잘 알고 있었다. 그래서 어느 때보다 공손했다.

원장님이 지수 옆으로 오더니 손을 잡고 뒤를 돌며 슬쩍 얘기했다.

"얼른 무릎 꿇고 가."

지수도 그 정도는 해줄 수 있다는 표시로 바로 무릎을 꿇고 앉았으며, 우리보고도 얼른 하라고 했다. 정말 얍삽한 놈이었다. 이걸로 원장님하고 거래를 하려는 속셈이었다. 알바를 하기 위한 작전이었다.

"잘못했습니다. 다시는 그러지 않겠습니다."

지수가 씩씩하게 말했다. 순간 웃음이 터져 나오려는 걸 꾹 참았다. 영화에서 많이 보았던 한 장면 같았다.

"그래, 알았어. 내가 이번에는 봐준다. 또 그러면 내가 다 아작을 내버린다."

저렇게 자식을 끔찍이 사랑하면서 왜 여기로 보냈는지, 왜 아들을 한 달 넘게 방치해놓고 돌보지 않았는지 멱살을 잡고 물어보고 싶었다. 저런 과도한 사랑이라면 충분히 자식 하나쯤은 키우고도 남지 않을까.

물곰 아버지가 돌아간 다음, 2층 계단을 오르면서 우리는 어떻게 그놈을 손봐줘야 하는지 의논했다. 영준이가 제일 흥분했다.

"어떻게 지 아버지를 부를 수 있어? 맞을 때마다 부를 거냐고?"

그대로 놔두지 않겠다고 주먹을 꽉 쥐었다가 폈다.

"진짜 개념 없다."

물곰은 설마 자기를 또 때리겠냐는 눈빛이었다. 이 방에서도 아니고 다른 방에서 맞은 걸 가지고 대신 푸닥거리를 하고 왔는데도 미안한 얼굴이 아니었다.

"너, 몇 대 맞을래?"

현관으로 들어서는 물곰한테 영준이 물었다.

"맞고 또 아버지한테 전화해. 어디 보자. 너네 아버지가 너 맞을 때마다 쫓아와주는지. 남자 새끼가 맞은 걸 일러바쳐. 야, 그 맷집에 맞아도 아프지 않겠구먼."

영준이 고개를 뚝뚝 소리 내고 꺾으면서 몸 푸는 시늉을 했다.

"이 병신 새끼야, 누구는 안 맞았어? 우리 때는 더 맞았어. 이게 똥인지 된장인지 구분을 못하네."

지수는 조금 부드럽게 말했다. 물곰은 완전히 질려서, 터질 것 같은 볼이 조금씩 떨렸다. 그러더니 울기 시작했다. 양옆으로 찢어진 작은 눈에서 눈물이 뚝뚝 나왔다.

"뭐야? 찌질하게. 울기까지 해?"

"어유, 진짜 병신."

"너, 한 번만 더 아버지한테 전화해봐. 그날로 죽는다. 아버지 없는 놈들도 많아. 알았어?"

눈물은 힘이 셌다. 그리고 우리는 눈물을 싫어했다. 그래서 놈을 들여보냈다. 더 맞지 않고 물곰은 자기 침대로 돌아갔다.

"그런데 누가 때렸다는 거야?"

자기 아버지한테 전화할 정도면 많이 맞았을 수도 있었다.

"그 방에 요셉이 있잖아."

요셉. 이름에서도 알 수 있듯이 성경에 나오는 이름을 지어준 부모는 요셉을 초등학교 3학년 때 여기로 보냈다. 지금, 고등학교 1학년이었다. 겉보기에 얌전하고 착해 보였다. 말할 때는 수줍음이 많아서 목소리가 기어들어갔다. 얼굴도 하얗고 순진해 보였다. 그런데 그 안에 괴물이 살고 있었다. 도대체 어디서 그런 폭력을 배웠는지, 이상한 방법으로 아이들을 때렸다.

"걔가 또 그 짓을 했나 보지."

"그 새끼는 정신병자야."

요셉은 태권도복의 허리띠를 애들 입속에 처넣고, 엎드리게 하고 그 위에 올라가서 꼼짝 못하게 하고 때린다고 했다. 우는 소리가 나지 않기 위해서 자기보다 어린애들을 그렇게 때렸다. 걸을 때조차 비틀거리며 휘청거릴 정도로 허당으로 보이는 요셉이었다.

요셉이 그놈도 여기 올드 멤버 중 하나였다. 세상 그 무엇에도 재미가 없다는 놈이었다. 걸그룹이나 연예인 따위에도 아무 흥미를 느끼지 못했다. 걸그룹이 나왔다고 소리를 지르거나 텔레비전 앞으로 다가가는 놈들을 보면 이해하지 못하겠다는 표정이었다. 그렇다고 공부를 잘하는 것도 아니었다.

항상 멍하게 있어서 멍 때리는 놈이란 별명도 붙었다. 그냥 멍 때리는 게 아니라 언제나 조용한 미소를 지었다. 그게 정말 멍청해 보였다. 누가 야단을 쳐도 그냥 웃기만 하고, 속 시원히 제대로 변명 한 번 못하는 놈이다. 그래서 원장님도 다른 이모들도 너무 착해서 그러는 것으로 착각하고 있는 것이다. 때문에 초딩 놈이 요셉 형이 때렸다고 울면서 고해바쳐 봤자 소용없었다.

"그래, 알았어."

그뿐이었다. 요셉을 불러서 왜 그랬냐고 물어보지도 않고 혼내지도 않았다. 그래서 초딩들은 다른 누구보다도 요셉을 미워했다.

악마 같은 형이라고 불렀다. 요셉의 부모는 어쩌자고 같은 서울 하늘 아래에서 여동생은 데리고 살면서 요셉은 거둬들이지 않는지 아무도 그 사연을 몰랐다.

나는 짐작했다. 성경에 나오는 인물 또는 그와 연관된 이름을 지어줌으로써 자식의 인생을 신께 의탁하려 했던 부모들의 위선. 아마도 요셉이 어려서 저런 폭력을 당하지 않았나 싶었다.

그대들, 부모들은 아는가. 폭력 전이의 위대함을. 폭력은 그대로 몸 전체에, 뇌세포에까지 스며들어 언젠가 다시 삐져나오게 된다는 것을. 늙은 아비를 때리는 패륜아는 아마도 그 늙은 아비의 폭력을 간직하고 있었을 것이다.

잘라도 계속 자라나는 도마뱀의 꼬리처럼 징그럽고 무서운 폭력의 전이. 나는 두렵기도 하다. 내 안을 점령하고 있는 그 폭력의 세포들이 어느 날 갑자기 증식해서 거대하게 자라날까 봐.

군대 면제의 이유

"아, 답답해."

지수가 누운 채 소리쳤다. 친구들의 생일 파티를 가야 하는데 못 가서 안달이 났다. 당구장이 있는 단골 술집에서 열리는데 밤 늦게 돌아다니지 말라는 원장님의 엄명이 떨어졌다. 방학 기간 중 특별 단속이 있다는 거였다. 그리고 그 술집은 미성년자는 출입 금지여서 위험했다. 하지만 그런 건 문제가 되지 않았다. 겉모습이야 대학생이라 해도 될 만큼 요란스러웠고 검문을 위한 합법적인 증명서인 주민등록증도 가지고 있었다. 모두 다 위조된 민증을 가지고 다녔다. 그 친구들에게 불가능한 것은 없어 보였다. 세상은 쉽고 재미있는 것 같았다.

민증 위조는 생각보다 쉽다고 했다. 일단 민증을 주웠을 때 자기와 비슷하게 생긴 사람이면 갖고 아니면 다른 친구들에게 판다고 했다. 보통 이만 원에서 삼만 원이면 살 수 있다고 했다. 민증의 숫자를 칼로 살짝 긁어내고 바코드에서 원하는 숫자를 오려 붙여서 코팅하면 감쪽같다고 했다. 그래서 민증이 자기들하고 비슷한 나이면 더 좋다고 했다.

"야, 나 이번에 문신 해볼까?"

지수가 말했다.

"그냥 헤나나 해."

영준이가 귀찮다는 듯이 말했다.

"문신하면 군대 못 가는 거 아녜요."

바로 어제 저녁 자기 아버지 때문에 어떤 일이 벌어졌는지 까맣게 잊어버린 것처럼 물곰이 끼어들었다.

"애들은 빠져라. 저게 겁도 없이 막 나대. 그리고 우리는 군대 안 가거든."

지수가 눈을 부릅뜨고 말했다.

"군대 안 가는 거 맞아?"

영준이가 지수에게 물었다.

"그래. 안 간다니까. 내가 형들에게 다시 물어봤어. 오 년 이상 시설에서 살면 군대 안 가는 거래. 부모 있어서 잘 먹고 잘 산 애들은 가지만 우리처럼 부모 떨어져서 고생한 아이들은 군대 기간 이 년 동안 돈 더 벌 수 있게 해주는 거래."

"와, 좋다. 우리는 나이 들면 더 좋은 거네. 군대도 가지 않고, 나갈 때 돈도 주고."

영준이가 신나서 떠들었다.

"뭐가 좋아? 돈 얼마 안 돼. 방 얻을 돈, 그것도 모자란대."

"후원금, 얼마인지 알아?"

"절대 안 가르쳐줘. 우리가 나갈 때, 그때 통장 준대."

지수가 나름 아는 얘기를 했다.

"난 나가면 혼자 살 거야."

지수가 꿈에 부푼 목소리로 말했다.

"난 모던하게 인테리어하고 예쁘게 꾸미고 살 거야."

지수는 결혼을 앞둔 신혼부부처럼 들떠 보였다. 지수가 깔끔하긴 했다. 일단 자기 몸치장을 잘했다. 얼굴에 정성스럽게 비비크림을 바르고 다니는 건 기본이고 옷도 잘 코디했다. 나름 감각이 있긴 했다.

군대를 가지 않는 건 처음 알았다. 남자는 군대를 갔다 와야 진짜 남자가 된다, 비로소 철이 든다고도 했다. 딱히 군대를 가고 싶지는 않았다. 거기서 어떤 대접을 받을지 두렵기도 했다. 그래도 공식적으로 군대를 가지 않아도 된다는 게 나는 썩 좋지 않았다.

군대가 면제되는 경우는 신체적 장애와 심각한 정신적 장애가 있을 경우일 것이다. 우리들은 그런 결함이 있고 없고를 떠나서 군대를 가지 않아도 된다. 이것을 특혜라고 해야 하는 것일까.

선거 때만 되면 텔레비전 뉴스에 단골 메뉴로 나오는 게 정치인들 자식의 병역 비리였다. 연예인들도 군대를 가지 않기 위해서 생 쇼를 하다가 걸려서 연예인 생명이 끝나고, 다시 군대에 들어가기도 했다. 세계적으로 떴던 〈강남 스타일〉의 싸이는 병역 비리로 군대를 두 번이나 갔다 왔다.

나는 그냥 가슴이 답답했다. 나는 지금 이대로라면 군대에 가고 싶어도 못 갈 것이다. 검정고시 출신 중졸이면 학력 미달로 가지 못한다는 얘기를 들은 것 같다. 거기에다가 키가 작아서 못 갈 수도 있지 않을까. 그렇다면 나는 취직도 못하고 군대에도 가지 못하고 한마디로 지질한 인생이 된다는 얘기였다.

참 이상했다. 왜 이렇게 쉽게 내 인생 내 미래가 예측되는 것인지. 그렇다고 미래가 불안한 건 아니었다. 기대가 없으니 불안도 없는 것이다. 희망이 없으니 절망할 것도 없었다.

내가 사는 이런 시설이 이 도시에만 해도 열 개가 넘었다. 그룹홈까지 합하면 훨씬 더 많았다. 거기에 사는 수많은 아이가 국방의 의무를 다하지 않아도 된다는 것이다. 사실 난 단체 생활이라면 신물이 난다. 여기서는 가출로써 나를 풀지만 만약에 군대에 가서 마음대로 나오면 나는 탈영병이 되는 것인가. 진짜 총알이 든 총을 들고서.

"야, 심심하다, 그놈 어디 갔어? 좀 불러와 봐. 본능적으로."

"왜, 그거 시키게."

"응, 재밌잖아."

지수와 영준이는 서로 웃었다. 뭔지 알 만했다. 여름 캠프 가서도 빠질 수 없는 게 장기 자랑이었다. 여기서는 무슨 때가 되면 방별로 장기 자랑과 환경 미화, 그런 걸 했다. 특히 해마다 12월이 되면 방마다 트리를 장식하고 카드를 붙이는 짓을 시작해야 했다. 강당에서 열리는 장기 자랑 준비도 해야 했다. 그때는 저녁 공부 시간이 없어서 초딩들은 살판이 나서 뛰어다녔다.

이번 여름 캠프 때도 장기 자랑을 했다. 그래 봐야 춤과 노래였다. 새로 들어온 그놈, 이유 없이 웃어대는 놈이 춤을 췄다. 싸이의 〈강남 스타일〉을 더 징그럽게 추었다. 아버지에게 맞기 싫어서 도망쳤다는 놈이 언제 춤을 배웠는지 모르겠다. 음악이 끝나도 춤을 멈추지 않았다. 그놈처럼 폭발적인 반응을 받은 놈도 없었다. 사회를 보던 삼촌이 마이크를 들이댔다.

"춤은 언제 배웠죠?"

"본능적으로 춰!"

계속 몸을 흔들어댔다. 게다가 반말로 대답했다. 싸이의 완전한 빙의였다. 아이들은 또 빵 터졌다.

"음악이 끝났는데 왜 계속 춤을 추는 거죠?"

"본능적으로."

아이들은 너무 웃겨서 뒤로 넘어갔다.

"오기 싫대요."

심부름 갔던 초딩이 지가 오기 싫은 것처럼 입을 쭉 내밀었다.

"왜?"

"본능적으로."

그렇게 말한 초딩이 고개를 숙였다. 웃음을 참아서 어깨가 들썩
거렸다.

"와, 그게 이제 완전 개기는구나."

"그래, 내가 봐줬다. 이거 걸리기만 해봐라."

놈은 항상 바보처럼 웃지만 학교에서는 친구가 없다고 했다. 반
친구 누구도 자기에게 말을 시키지 않는다고 했다. 지질이라고 상
대해주지 않는다고 했다. 그래서 쉬는 시간마다 여기 애들을 찾아
서 떠돌아다니고 점심시간 때도 그런다고 했다.

재모가 오더니 물곰을 불러냈다. 물곰은 신이 나서 쫓아갔다. 베
란다에서 보니까 저보다 어린 초딩들은 다 몰고 나갔다. 무슨 얘
기를 하는지 초딩들은 재모 얘기를 듣고 좋아했다.

"저거 또 사고 친 거 아냐."

영준이가 쳐다보다가 한마디 했다.

"왜 또 편의점 가?"

"그런가. 초딩들 다 데리고 가는데."

"쟨 그날도 아닌데 주기적으로 도벽이 도지나 봐. 여자들은 그날이 되면 그렇다고 하던대."

지수가 얼굴에 비비크림을 덕지덕지 쳐바르며 얘기했다.

🌿 19금 만화

너무 더워서 잠이 오지 않았다. 우리들은 침대 대신 거실 바닥에 누워 있었다. 여름만 되면 올해가 최고의 더위이고 전력난이 위험한 수준이고, 비가 오지 않아서 걱정이고, 거의 똑같은 게 이슈였다. 작년에도 그 전에도, 내년에도 또 그렇겠지. 사람의 인생도 그렇게 반복되는 거겠지. 아, 너무 무료한 인생이었다.

갑자기 오타쿠가 나타났다.

"뭐야?"

오타쿠가 귀신처럼 우리를 내려다보고 있었다. 우리는 누운 채로 오타쿠를 쳐다봤다.

"술 마시자."

오타쿠가 심각하게 말했다.

"뭐?"

영준이가 벌떡 일어났다.

"왜 뭔 일 있냐?"

지수가 뭐든지 다 이해할 수 있다는 말투였다. 영준이와 지수는 아직 원장님의 오타쿠 옷장 습격 사건을 몰랐다.

"술 마시고 싶어. 같이 나가자."

오타쿠가 애처롭게 말했다. 만약 지금 오타쿠의 부탁을 거절한 다면 오타쿠는 이 세상의 술이란 술은 다 퍼마시고 죽을 거 같았다.

"가자. 그런데 돈은? 술값 있어?"

지수가 물었다.

"치사한 새끼. 지금 돈이 문제야?"

영준이 지수를 나쁜 놈으로 만들었다.

"내가 돈이 없으니까 그렇지. 그럼 니가 술값 낼래?"

지수가 영준이를 공격했다.

"나, 돈 있어. 내가 살게."

오타쿠가 지갑을 꺼내 보였다.

"그래."

오타쿠는 지수, 영준과 같은 학년이지만 별로 친하게 지내지 않았기에 더욱 의외였다. 지수와 영준이는 팬티 위에 반바지를 걸쳤다.

"형도 같이 가."

웬일로 나보고 같이 가자고 했다.

"같이 가."

오타쿠도 같이 가자고 했다. 처음이었다. 잠깐 망설였다. 마음은 따라가고 싶었다.

"가도 돼?"

나는 바보처럼 물어보았다.

"왜 안 돼? 빨리 따라와."

영준이 먼저 앞장을 섰다. 현관 옆, 이모 방은 문이 꼭 닫혀 있었다. 아마 잘 때도 문을 잠그고 잘 것이다. 문 열고 나와 봐도 상관없었다.

높지도 않은 철 대문이 잠겨 있었다. 살짝 뛰어넘으면 됐다. 밤 기운이 좋았다. 혼자가 아니라 다른 아이들과 같이 나온 건 처음이었다.

"어디로 가지?"

"그러게 이 동네는 술집이 일찍 끝나. 홍대 앞은 아침까지도 하는데. 포장마차 갈까?"

지수가 물었다.

"거기까지 시간이 좀 걸리잖아."

영준이 말했다.

"아무 데서나 마시자. 나 빨리 취하고 싶어."

오타쿠가 당장 술을 먹지 못하면 죽어버릴 것처럼 말했다. 재모가 돈을 훔치면 초딩들을 몰고 와서 화려하게 돈을 쓰는 편의점이 보였다. 마침 그 앞, 파라솔 테이블에는 아무도 없었다.

오타쿠는 먼저 편의점 문을 밀고 들어갔다. 소주 네 병과 1000cc 캔 맥주 네 개, 오다리, 감자칩, 비엔나소시지를 망설임 없이 집어다가 계산대 위에 올려놓았다. 무슨 생각이 났는지 담배도 하나 달라고 했다. 어떤 거로 주냐고 묻는 편의점 알바생에게 아무 거나 달라고 했다.

"필라멘트 라이트요."

지수가 얼른 자기가 피우는 담배를 말했다. 오타쿠는 오만 원짜리 지폐로 계산을 했다. 우리들은 오타쿠가 거스름돈을 받는 동안 그것들을 들고 밖으로 나왔다.

"맥주 먼저 마실 거야."

오타쿠가 먼저 맥주를 벌컥벌컥 들이켰다.

"뭐야? 그래도 건배는 해야지."

영준이 캔을 따며 말했다. 지수와 나도 캔을 따서 들어올렸다.

"우리들의 인생을 위하여!"

영준이가 외쳤다.

"인생은 무슨, 건전한 성생활을 위하여!"

지수가 다시 맥주 캔을 들어올렸다.

"미친놈."

영준이가 지수를 향해 눈을 흘겼다. 그사이 오타쿠는 쉬지 않고 맥주를 마셨다.

"천천히 마셔라."

영준이가 걱정되는지 조심스럽게 말했다. 나는 정말, 술은 잘 마시지 못했다. 그렇지만 오늘밤 맥주는 시원해서 좋았다. 나도 계속 맥주를 들이켰다.

"뭐야? 둘 다 술꾼들이었어?"

영준이는 신나서 좋아 죽겠다는 표정이었다. 정말로 신이 나는 사람은 나였다.

"왜, 남의 옷장을 함부로 뒤지는 거야?"

드디어 오타쿠가 취했다.

"그렇게 비싼 돈 주고 만화책을 왜 사? 빌려서 보면 되지."

상황을 파악한 지수가 비엔나소시지를 씹으면서 말했다.

"이 새끼야, 무식한 소리 하지 마. 만화라고 다 똑같은 줄 알아? 돈 주고 살 만하니까 사는 거야."

오타쿠가 지수한테 소리쳤다. 우리는 모두 벙쩌서 오타쿠를 쳐다봤다.

"뭐, 건전한 성생활? 새끼야, 니가 그걸 알아? 여자 조금 만난다고 나대지 마. 여자가 뭘 좋아하는지도 모르면서."

빈 캔을 찌그려 바닥에 던지며 오타쿠가 말했다. 나는 놀랐다. 저 얘기는 19금의 그 만화, 『러브 다이어리』를 본 사람만 말할 수 있는 거였다. 위험 수위가 있는 얘기였다. 오타쿠가 이제는 소주를 그것도 병째로 마시기 시작했다.

"여자가 뭘 좋아하는지 넌 알아?"

지수가 정색을 하고 물었다.

"알지. 하지만 늘 이론과 실전은 다른 거잖아. 난 잘 알고 있고, 잘할 수 있지만 여자들은 너처럼 뺀질한 놈한테 가거든."

오타쿠는 지수가 자기 여친을 빼앗기라도 한 것처럼 말했다.

"그래, 내가 오늘 밥이다. 우리 제대로 인생을 논해보자."

지수가 자기 앞의 소주병을 들어서 오타쿠의 소주병에 대고 부딪혔다.

"와, 씨발, 재밌는데. 오타쿠, 술주정은 아니지."

영준이는 조금 걱정되는 눈치였다.

"야, 씨발. 그럴 때도 있는 거지 뭐. 내 보물이 다 없어졌는데. 왜 나를 무시하는 거야? 내가 얼마나 존경하는 작가인데. 만화는 나쁘다는 무식한 선입견. 노인네는 어쩔 수 없다니까. 만화가 얼마나 대단한 줄 알아?"

오타쿠는 이제는 완전히 풀린 흐리멍덩한 눈으로 말했다.

"만화가 되시게?"

지수가 물었다.

"아니. 재주가 없어. 그림도 못 그리고. 상상력도 없고. 창의적이지도 않아. 잘생기지도 않고. 여자들이 좋아하지도 않고."

오타쿠가 자아비판을 했다.

"아니, 왜 술 마시고 자기한테 폭탄을 떨어뜨리시나? 자폭이 취미?"

영준이 오타쿠를 달래려고 했다.

"사실일 뿐이야."

오타쿠는 자신에 대한 비관적인 평가를 내리고는 계속 소주를 마셨다.

"그래. 맞아. 진실이지. 그리고 앞으로도 계속 달라지지 않는 현실이고."

나는 오타쿠의 말에 동의했다. 그건 나의 얘기이기도 했다. 오타쿠보다 내가 훨씬 더 취했는지 고개가 흔들렸다.

"형, 진짜 취했다."

지수가 내 소주병을 슬쩍 가지고 갔다.

"건전한 성생활을 위해서는, 아니 행복한 성생활을 위해서는 『러브 다이어리』면 돼. 나중에 여친 생기면 같이 읽어야 하는 필독서거든."

오타쿠가 말을 마치고 <u>흐흐흐</u> 하며 웃었다.

"음흉한 놈, 저질, 여친보고 그걸 보라구?"

나는 오타쿠를 향해 소리쳤다. 오타쿠가 나보다 한 수 위였다. 뭔 소리인 줄 모르는 무식한 지수와 영준이는 멍청하게 서로의 얼굴만 쳐다봤다.

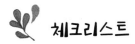

체크리스트

속이 장난이 아니었다. 쓰리고 아팠다. 토하고 싶어서 화장실로 달려갔지만 아무리 웩웩거리며 죽을힘을 써도 아무것도 나오지 않았다. 학교 울렁증하고는 달랐다. 그야말로 본능적으로 구역질이 나왔다. 아침인데도 벌써부터 더웠다.

아침 먹을 시간이 지나 있었다. 아무도 나를 깨우지 않다니, 꽤 씸했다. 지수와 영준은 어디로 갔는지 보이지 않았다. 그놈들은 술꾼이라서 괜찮은 건지 모르겠다.

"너, 벌점 하나 있다."

이모가 화장실 앞에 주저앉아 있는 나를 보고 말했다.

"내가 모를 줄 알아? 무단이탈에 음주와 흡연. 아주 잘 놀고 있다."

나는 뭐라고 대꾸할 기운도 없었다. 오타쿠는 어떤지 궁금했다. 걸음을 제대로 걷지 못해서 지수와 영준이가 잡고 오느라 진땀을 흘렸던 게 어렴풋이 생각났다. 필름이 끊긴다는 게 이런 거였다. 내 침대에 어떻게 올라갔는지 전혀 기억이 나지 않았다.

"살아났어?"

지수가 박카스 병을 들이밀었다.

"뭐야?"

박카스라니, 난 한 번도 먹어본 적 없었다.

"숙취에는 이게 최고야. 또 힘도 불쑥 솟아나."

지수가 영준이를 향해서 눈을 찡긋거렸다.

"진짜야. 좋아. 오타쿠한테도 먹이고 왔어. 어떻게 그렇게 술들을 못 마셔. 남자가 그래도 술을 좀 마셔야지. 술도 못 마시는 남자, 여자가 좋아할 줄 알아?"

난 정말 살고 싶어서 박카스 뚜껑을 열고 털어 넣었다. 시원하고 달달한 게 상쾌했다.

"너네들도 벌점 하나씩이다."

이모가 지수와 영준이에게도 말했다.

"네, 그러세요. 마음대로 하세요. 그냥 한꺼번에 열 개 다 체크하세요."

영준이가 빈정대며 말했다.

"넌 도대체 왜 그렇게 나한테 삐딱하게 그러는 거야? 그냥 잘 좀 지내는 게 어때? 너나 나나 여기에 영원히 있을 것도 아닌데. 쉽게 가자."

이모의 말투가 강했다.

"오, 영원히 있을 거 아닐 거다. 그렇지. 하지만 난 여기서 계속 있을 거야. 왜 지랄이세요."

영준이가 성질을 냈다.

"정말로 넌 체크리스트에 다 체크해서 원장님한테 갖다드릴 거야."

이모는 강하게 나왔다. 우리에게는 체크리스트가 있었다. 체크리스트에는 열 개의 항목이 있었다. 열 개의 항목에는 뭐 일반적인 규칙들이 있었다. 욕설, 구타, 무단이탈, 지각 등. 일상생활에서 하지 말아야 할 것들이었다. 그것들을 지키지 않았을 때, 리스트에 체크가 됐다. 열 개가 체크되면 원장님과 일대일 면담을 해야 했다.

원장님과의 면담은 그리 만만한 게 아니었다. 원장님의 말에는 어떤 알 수 없는 힘이 있었다. 무엇보다도 우리의 후원 통장을 관리했기에 이왕이면 착한 놈한테 더 많은 혜택이 가게 한다는 기본적인 방침이 있었다. 그래서 더러는 그런 것들을 생각해서 착실한 학생이 되기도 했다.

지수와 영준은 착한 학생은 아니지만 여기서 독립할 때 이왕이면 통장의 잔고가 많기를 바랐다.

"그놈의 체크리스트, 확 찢어버려야지."

영준이는 더 짜증을 냈다. 이모는 영준이가 화를 내든지 말든지 신경도 쓰지 않고 방으로 들어가 버렸다.

"가서 잘못했습니다. 앞으로 착실히 살겠습니다. 그러면 돼. 뭔 걱정이야."

지수가 신경 쓰지 말라고 했다.

"그런데 형, 어제 오타쿠가 얘기한 게 뭐야? 여자 친구와 같이 읽어야 된다는 거. 그거 야한 거지?"

지수가 은근한 눈빛을 보냈다.

"몰라. 나, 잘래."

나는 도저히 더 이상 견디지 못할 것처럼 엄살을 떨며 방으로 들어왔다. 나는 오타쿠가 털린 만화책 중에서 19금, 그 책을 몰래 가져왔다. 나도 옷장 속에 숨겨두었다. 여기 있는 아이들이 미성년자라서 보호하려고 했던 것은 아니었다.

그냥 지수가 읽는 게 싫었다. 지수 놈이 그것까지 읽어버리면 너무 완벽한 남자가 될 거 같은 알 수 없는 질투심이 났다. 오타쿠가 얘기해준다 해도 읽을 수는 없을 것이다. 내가 숨겨놨으니까 찾을 수 없을 것이다. 그렇다고 자기 돈으로 사서 읽을 놈은 절대 아니었다.

나, 내가 생각해도 이상한 놈이었다. 여자 친구도 사귀어보지도 않았고, 결혼 따위는 꿈도 꾸지 않는데 왜 그런 성적 로맨스에 감동받는지 알 수 없었다.

오후의 낮잠에서 깨어보니까 아무도 없었다. 숙취에는 잠이 최고인지 조금 개운해졌다. 아무도 없는 지금이 컴퓨터를 하기에 좋았다. 습관적으로 이러닝 사이트에 들어가 로그인했다. 당연히 쪽지함도 확인했다. 순간, 나는 이러닝 선생님이 아닌 사랑이에게서 온 쪽지를 보았다. 너무 가슴이 벅찼다.

너나 나나 너무 늦은 답장이구나.

방학이라 할머니네 집에 다녀왔거든.

할머니 집은 시골이라서 컴퓨터가 없어.

어제 돌아왔는데 쪽지가 와 있네.

오래도록 답장이 없어서…….

사실, 나는 지금 검정고시 준비 중이야.

중간에 몸이 아파서 쉬었거든.

지금도 완전히 다 나은 건 아니래.

조금 피곤하네.

시는 잘 읽었어.

시가, 참…….

독신·임대·아파트 🌳🌳

나는 이번에는 망설이지 않고 바로 답장을 썼다. 사랑이가 읽고 또다시 쪽지를 보내길 기대하면서 자판을 마구 두드렸다. 나보다 나이가 어리면 나를 어떻게 기억하나 했는데, 나와 비슷한 나이라니 다행이었다. 갑자기 세상이 확 밝아지는 이 기분 좋은 느낌 때문에 아무에게라도 행복한 인사를 해주고 싶었다. 하지만 아무도 없었다.

그때 지수와 영준이가 들어섰다.

"얘들아, 날씨 좋지?"

"뭐가 좋아? 더워 죽겠구먼."

지수가 싸가지 없이 말했다.

"야, 우리 저녁에 집들이 가자."

지수가 영준에게 말했다.

"어디?"

"선배 사는 데. 이 근처 단지."

지수가 뭐 대단한 데라도 가는 것처럼 신이 났다.

"어떤 선배?"

"여기 살던 형. 5단지에 어떤 여자랑 강아지랑 산다고 했잖아."

"아, 그 형. 근데 놀러 오래?"

영준이도 누군지 아는 것 같았다.

"그 형은 나를 모르잖아. 그래서 내가 먼저 인사했다. 강아지 데리고 산책 나왔더라고. 그래서 내가 말 시켜봤어."

여기 출신으로 고등학교를 졸업하고 취업해서 독립한 형이었다. 강아지와 같이 사는 형이라고 이 근처에 살아서 여기 사는 아이들은 그 형을 알고 있었다. 그 형은 여기 사는 애들을 몰랐다.

이 동네는 대단지 아파트 지역으로 어느 정도 사는 중산층 동네였다. 시설을 중심으로 바로 맞은편에도 대각선으로도 고층 아파트가 들어서 있었다. 물론 대단지 안에는 평수가 작은 임대 아파트도 끼여 있었다. 그 형이 그 임대 아파트에 살았다. 영준이나 지수는 여기서 나가면 그 임대 아파트에 사는 게 꿈이었다.

모르는 게 없는 지수는 그 임대 아파트 보증금이 싸다고, 그 정도면 당장이라도 살 수 있을 것처럼 말했다. 어쨌든 지수가 여기에 산다고 인사하니까 받아주고 인사치레로 놀러 오라고 했다고 한다.

"정말, 놀러 가도 돼요?"

그냥 하는 인사말일 수도 있는데 넉살 좋은 지수가 가보고 싶어서 그랬다고 했다.

"어, 그래."

"그럼, 말 나온 김에 내일 가면 안 될까요?"

안 봐도 그 형이 얼마나 황당했을지 짐작이 갔다. 회사를 다니는 그 형은 퇴근한 다음에 오라고 하고 고기나 먹자고 했다는 것이다.

"대박. 좋다. 가자. 가야지."

영준은 좋다고 난리였다. 사실 여기서 나간 사회 초년생들이 어떻게 살고 있는지는 전혀 몰랐다. 해마다 몇 명씩 퇴소를 했다. 들리는 말에 의하면, 방을 구해주긴 하는데 그게 그리 좋은 곳이 아니란 말을 들었다. 요즘 세상에 이제 고등학교를 갓 졸업한, 아이도 아니고 어른도 아닌, 그 어정쩡한 놈들이 무슨 능력으로 좋은 집을 구할 수 있겠는가. 원장님이 외부 손님들에게 후원을 호소하는 것도 이해가 가긴 했다.

나는 지수보다 나이가 많은데도 자꾸 지수를 따라다니고 싶었다. 나이라도 나보다 많으면 형이라고 부르면서 어디든지 진드기처럼 달라붙어 쫓아다니고 싶었다.

오늘도 지수는 비비크림을 너무 떡칠해서 강시 같았다. 나는 지수를 붙잡기 위해 19금 만화를 팔았다.

"그거, 내가 몇 권 있는데, 빌려줄까?"

지수에게 그렇게 툭 던졌다.

"뭐?"

지수는 시큰둥했다.

"오타쿠가 말한 거."

나로서는 굉장한 인심을 쓰는 거였다.

"19금 말하는 거야? 여자 친구와 같이 봐야 된다는 거?"

지수의 눈이 동그래졌다.

"응. 빌려줄게."

"있었어?"

"대신 오타쿠한테는 비밀이야."

오타쿠가 알면 자기 것이라고 다시 달라고 할 수도 있었다. 나도 옷장에 숨겨놓은 책이 많았다.

"나, 진짜 그거 보고 싶었어. 잘됐다."

영준이는 씻지도 않고 나갈 준비를 했다.

"이모, 우리 나갔다 올게요."

지수가 이모한테 말했다. 이모는 말하는 지수가 아니라 옆에 바짝 붙어 있는 나를 쳐다봤다.

"어디 가는데?"

"여기 있던 형네 가는 거예요. 어머니한테 얘기해도 괜찮아요."

지수는 이것처럼 떳떳한 일이 어디 있냐고 자신 있게 얘기했다.

"알았어. 너무 늦지 말고. 너희 셋이 같이 가는 거야?"

이모가 지수 옆에 서 있는 나까지 가는 줄 알고 물어보았다. 지수는 고개를 돌려서 나를 쳐다봤다. 형도 같이 갈 거야, 그런 표정이었다. 나는 웃음을 가득 담고 고개를 끄덕였다.

"네."

지수는 그렇다고 대답했다. 더 이상 좋을 수 없었다. 나는 처음으로 계단을 뛰어 내려갔다. 저녁을 먹으려고 지하 식당으로 가려는 초딩과 부딪혔다.

"괜찮아."

나는 또 웃음을 지으며 친절하게 말했다.

"오늘 이상해! 이는 닦았어?"

지수가 현관을 나오면서 물었다.

"그럼, 뭐, 내가 이도 닦지 않을까 봐."

여기 아이들은 내가 이를 닦지 않는다고 뒷담화를 했다. 지들학교 가느라고 화장실에서 난리를 피우니까 나중에 한가할 때 혼자 이를 닦는 것뿐이었다. 잠자기 전에도 뭐, 조금 늦게 닦는데, 이를 닦지 않는다고 흉을 보다니 괘씸한 놈들이었다.

"우리 빈손으로 가도 될까?"

영준이가 그건 좀 예의가 아니지 않느냐고 했다. 그래서 우리는 다시 그 편의점으로 들어갔다. 지수 놈이 휙 둘러보더니 크리넥스 세 개가 묶여 있는 세트를 들고 왔다.

"이게 딱이야."

계산은 내가 했다.

평수가 작은 임대 아파트라지만 단지는 넓고 깨끗했다. 엘리베이터를 타고 10층에서 내렸다. 그 형은 보통 키에 다부진 체격이었다. 눈, 코, 입이 모두 작았는데 차가워 보이는 인상이었다.

집 안으로 들어서자, 화장품 냄새가 났다. 향수 냄새인 것 같기도 했다. 현관을 지나서 주방과 거실이 나왔고, 그 옆으로 방 두 개가 나란히 붙어 있었다. 양옆 머리털을 분홍색으로 물들인 치와와가 계속 얼쩡거렸다. 호들갑스런 인사도 없이 앉았다.

2인용 식탁에는 아직 음식이 담기지 않은 큰 접시가 놓여 있고, 스파게티, 피자가 차려져 있었다. 텔레비전에서 보기만 했던 커다란 와인 잔도 놓여 있었다.

"고기 구울 거니까 잠깐만 기다려."

그 형은 그리 상냥한 스타일은 아니었다.

"뭐, 도와드릴 거 없어요? 저 요리 잘해요."

지수가 분위기를 잡으려고 했다.

"그래, 어떤 요리 잘하는데?"

"그게요, 형. 계란 프라이를 노른자는 살짝만 익히고요, 참기름과 간장 넣어서 따끈한 밥에 비벼 먹으면 최고예요. 거기다 버터를 넣으면 더 좋고요."

"너네는 아직도 그렇게 먹니?"

형이 조금 불쌍한 눈으로 우리를 쳐다봤다.

"아니요. 밥은 엄청 잘 나와요. 친구네 집에 가서 그렇게 먹으면 진짜 맛있어요."

그 형은 뒷모습을 보인 채 고기를 구웠다.

"쇠고기야. 다 익히지 않은 거니까 먹어봐. 쇠고기는 그래야 부드럽고 맛있거든."

그 형이 두툼한 고기를 접시 위에 올려놓았다. 각자 개인용 접시와 포크와 나이프까지 있었다. 레스토랑도 아니고 집에서 이렇게 먹으려니까 어색했다.

"우리도 졸업식 날은 어머니랑 아웃백 가서 스테이크 먹어요. 작년 저희 졸업식 때 갔었어요."

지수가 자기 접시에서 고기를 썰며 말했다.

"좋아졌네."

그 형은 원래 성격이 그런 것인지 짜증 날 정도로 무덤덤했다.

"형, 결혼하지 않았어요? 강아지랑 같이 있던 여자분 봤는데."

지수는 막 떠들어대기로 작정한 놈 같았다.

"응, 아직 결혼 안 했어."

"아, 그렇구나."

"참, 너네들 술 먹지. 다 알아. 와인은 한두 잔 마시면 취하지도 않고 고기 먹을 때 좋아. 더 주지도 않을 거야."

그 형이 일어나서 준비했던 와인을 능숙하게 땄다. 그리고 한 잔씩 따라주었다.

"마셔봐."

그 형은 건배도 없이 먼저 마셨다. 나는 정말 와인은 처음이었다. 붉은색이 예뻐 보이긴 했다.

"태양이 형, 괜찮겠어?"

지수 놈이 괜히 나를 걱정해주는 척했다.

"왜 술 못 마셔? 너가 형이야?"

그 형이 나를 보고 말했다.

"아니요, 잘 마셔요."

나는 쑥스러워서 고개를 숙였다.

"뭘 잘 마셔. 죽었다 깨어났잖아."

지수 놈이 좋은 건수를 잡았다고 낄낄거렸다.

"저 형은 원래 고등학교 졸업할 나이인데 학교는 다니지 않아요."

영준이까지 나서서 나를 화제 삼았다. 나는 그냥 조용히 있다가 가고 싶었다. 독립해서 혼자 사는 형이 어떻게 사는지 정말 보고 싶었을 뿐이다. 아마도 무의식중에 혼자 사는 생활에 대한 두려움이 있었나 보다. 잘 살고 있는 사람을 만나서 확인하고 싶었다.

"조금 있으면 나가야 되겠네. 혼자 벌어먹고 사는 거 장난 아니다. 정신 똑바로 차려야 한다."

와인이 들어가서인지 아니면 하고 싶은 얘기가 있어서인지 그 형은 말이 길어지기 시작했다.

"고등학교 졸업하고 회사 들어가서 받는 돈이 다 내 돈일 거 같지? 그래서 금방 부자라도 될 거 같지?"

그 형은 잘 들어라, 이런 눈빛으로 우리를 둘러봤다.

"집에서 부모한테 얹혀사는 놈들한테는 가능한 얘기이지만 우리는 다르잖아. 매달 월세 내고 밥해 먹고 차비하고 친구들 만나서 놀고 나면 남는 게 없다."

그 형은 두 잔째 와인을 따랐다.

"이번 달부터는 그렇게 살지 말아야지 하는데 그게 쉽지 않아. 회사를 그만둔 친구 놈이 찾아와서 자기 집처럼 눌어붙어 있어도 쫓아낼 수 없잖아. 더 황당한 건 뭔 줄 알아? 내가 돈 번다고 찾아오는 아버지. 그동안 연락도 없었던 아버지가 찾아와서는 자식 노릇을 하라는 거야."

영준이가 한숨을 내쉬었다.

"세상은 참 공평하지 않더라. 독립해서 착실하게 살면 되는 줄 알았는데. 그렇지 않더라고."

그 형은 와인 잔을 비웠다.

"그런데 어떻게 여기 살아요?"

지수가 이 작은 임대 아파트가 뭐 대단한 재산이라도 되는 것처럼 물었다.

"여기 보증금 마련한 거, 피나는 노력의 결과였지. 친구도 끊고 아버지도 버리고. 내가 두루두루 잘 어울리면서 살면 남는 게 아무것도 없더라고. 그리고 내가 뭐 대단한 직장에서 월급을 많이 받는 것도 아니고."

지수는 여기 고기를 다 먹겠다고 생각했는지 계속 고기를 썰고 씹었다.

"이 근처에 사시는 특별한 이유가 있는 거예요?"

영준이가 내가 묻고 싶은 걸 물어보았다.

"너네도 거기 살았는지 모르겠지만 난 옛날 집에서 살았잖아. 아버지가 거기다 맡겼는데 얼마 후에 엄마가 한 번 찾아왔었거든. 그때 엄마가 나중에 다시 온다고 했어."

그 형은 엄마가 옛집이 없어졌으니까 지금의 시설로 찾아올 수도 있다고 했다. 형이 엄마를 찾아보려고 했지만 주민등록이 말소돼서 찾을 수 없다고 했다. 그리고 이 근처를 떠나서 살면 불안하다고 했다.

"이상하게도 엄마는 잊히지가 않는다."

그 형이 아이들처럼 말했다.

"전 엄마가 너무 싫어요. 다시 찾아온다고 해도 절대 만나지 않을 거예요."

영준이가 말했다.

"더 크면 그렇지 않을 거야."

그 형이 일어나서 고기를 더 담아내 왔다.

"그만 좀 먹어라."

영준이가 지수에게 핀잔을 주었다.

"너랑 태양이 형은 촌스러워서 스테이크를 못 먹잖아. 내가 대신 먹어주는 거잖아."

지수가 눈을 부릅떴다. 아닌 게 아니라 영준이와 나는 고기는 썰어놓고 다 먹지도 못했다. 핏물이 접시에 묻어났다. 나는 스파게티만 먹었다.

"너네한테 무슨 말을 해줘야 하는지 나도 잘 모르겠다. 그래서 해줄 말이 별로 없다."

그러니까 앞으로 다시는 자기를 찾아오지 말라는 말처럼 들렸다. 그 형은 아직은 어떻게 사는 게 잘 사는 건지 모르겠다고 했다.

"그럼, 그 여자 분이랑 결혼하시는 거예요?"

지수가 기어코 자기가 궁금한 것을 물었다.

"여자 친구 집에서 나를 만나지 못하게 해. 부모도 그렇고, 군대도 갔다 오지 않고, 성격도 어둡고. 마음에 드는 게 하나도 없대. 다 맞는 말이지."

그 형은 씁쓸하게 웃었다. 우리는 스파게티와 피자와 스테이크를 남겨둔 채 일어났다. 뭐 별로 할 말도 없었고, 아무리 애써도 분위기가 화기애애해지지 않았다.

"아, 뭐야? 기분 되게 이상하다. 잘 사는 것 같기도 하고 아닌 것 같기도 하고. 아, 짜증 나. 우리 맥주 한잔씩만 하고 가자."

지수의 꼬임에 넘어가서 우리는 또 편의점으로 갔다. 캔 맥주와 담배를 집고는 영준에게 계산하라고 하고 지수는 밖으로 쏙 나와버렸다.

"그 여친 되게 예쁘던데. 어떻게 만났는지 안 물어봤네."

지수가 맥주 대신 담배를 먼저 피우며 말했다.

"예쁜 거 다 소용없다니까. 그러다가 헤어지면 마음만 더 아프지 뭐."

자기가 그래 본 것처럼 영준이가 말했다. 나도 담배 하나를 꺼내서 불을 붙였다.

나의 목표는 복수 🌿

사랑이에게 바로 답장이 왔다.

너에게 어울리는 꽃을 발견했어.
엽록소가 없어서 조그만 동물의 주검 뒤에 피는 반투명한 순백의 꽃.
비가 많이 내려서 땅이 촉촉해지면 피어나는데, 태양이 필요치 않대.
빛이 없는 지하 세계의 아름다움!
은룡초!!!

그 은룡초는 깊은 산속, 음지에서 산다고 했다. 그러니까 내가
은룡초처럼 귀하고 아름다운 존재라고 위로라도 하고 싶은 걸까.

도대체 사랑이라는 아이는 왜 자꾸 나를 흔들어대는 걸까.

나는 밖으로 나왔다. 아파트 단지, 상가 쪽으로 가야 그나마 구경거리가 있었다. 길 건너는 버스 종점이었다. 이 도시의 시내 끝까지 달렸던 버스들이 쉬고 있었다. 나는 저 버스들을 탄 적이 없었던 거 같다. 항상 걸어 다니다가 더 이상 걷기 힘들 때마다 더 멀리 가는 버스를 타곤 했다. 기사 아저씨들은 모두 에어컨이 켜진 휴게실에서 냉커피를 마시고 단잠을 자고 있을 것이다.

자전거 도로를 따라 걷다가 나는 편의점 밖 파라솔 의자에 앉아 있는 아이들을 봤다. 테이블은 무슨 잔칫상이라도 차렸는지 화려했다. 그것도 모자라 아직도 아이스크림을 빨고, 물기가 흐르는 캔 음료를 들고, 다른 한 손으로는 초콜릿이 범벅된 과자를 먹는 행복한 아이들. 이렇게 더운데 컵라면을 먹는 놈도 있었다.

진짜 겁대가리 없는 놈이다. 수도 없이 가출했지만 나는 적어도 내가 아는 사람의 돈을 훔친 적은 없었다. 배가 고프면 정말로 못할 게 없었다. 그래서 쪽팔리면서도 구걸을 했다. 집으로 돌아가야 하는데 차비가 없으니까 천 원만 주세요. 요즘 세상에 누가 돈을 주냐고 하겠지만 내 경험에 의하면 주는 사람이 많았다. 내가 밖에서 배고픔을 극복할 수 있었던 것은 이름 모르는 그들의 아름다운 마음 덕분이었다. 아저씨와 아줌마들이 주로 내 표적이었다. 그

깟 천 원 있어도 그만 없어도 그만이고, 그래 내가 한 번 속아준다. 너 같은 자식이 있어서 내가 주는 거다. 대놓고 이렇게 얘기하면서 지갑을 열기도 했다. 재수 좋으면 만 원짜리도 받았다.

그런데 저 재모 놈은 아직 가출 한 번 하지 않았지만 이 집에 살고 있는 모든 사람의 돈을 훔쳐보았는지도 모른다. 어떻게 이모의 지갑까지 손을 대는지 모르겠다. 이모들은 잠깐 방을 비울 때도 문을 꼭 잠갔다. 재모 놈은 잠근 문도 따고 들어가서 지갑에 있는 돈을 몽땅 꺼냈다. 차라리 들키지 않게 슬쩍 조금만 빼오면 애교라고 봐줄 수도 있을 텐데 천 원짜리 한 장도 남기지 않았다. 그 돈으로는 애들을 편의점으로 몰고 가서 자기 기분 나는 대로 사줬다.

"형아, 왜 이렇게 돈이 많아?"

그렇게 물으면 또 대답이 멋졌다.

"응, 이모 돈 훔친 거야."

그래서 한때는 편의점 출입 금지였다. 돈만 훔치면 편의점으로 달려가서 홀라당 써버렸다. 그리고는 걸릴 때까지 아무 일도 없었다는 듯이 태연했다.

재모 형, 강모가 동생의 버릇을 고치기 위해서 때리기도 많이 했다. 그 큰 주먹으로 동생을 패면서 한 번만 더 훔치면 죽여버리겠다고 했지만 도벽은 없어지지 않았다. 부모 노릇까지 해야 하는 강모는 덩치가 있어서 그런지 어른스러워 보였다. 맞을 땐 엄청 맞아도 형만 보면 달려가 애교를 부리는 재모였다.

골키퍼로서 좋은 체격과 감각을 가지고 있던 강모가 인생의 방향을 바꿨다. 이종격투기로 종목을 바꾼 것이다. 원하는 축구부로 들어가지 못해서 상심하기도 했지만 이종격투기로 성공하면 돈을 더 많이 벌 수 있을 거라고 했다.

요즘 운동은 헝그리 정신으로 되지 않았다. 부모의 헌신과 어느 정도의 경제력이 뒷받침돼야지 가능했다. 물론 영국의 메시처럼 천부적인 재능이 있으면 또 모를까. 강모처럼 좋은 신체 조건을 가진 선수가 귀하지도 않았다. 강모는 스스로 포기했다. 그리고 선택한 것이 이종격투기였다. 프로로 데뷔하면 돈을 많이 벌 수 있다는 게 가장 유혹적인 조건이었다. 어른이 돼서 돈을 많이 벌겠다는 막연한 희망은 누구나 가지고 있었다. 그러면서도 결코 그럴 수 없으리란 생각도 함께 가지고 있었다.

강모가 동생을 향하여 이단옆차기를 날렸다. 재모가 그대로 쓰러졌다. 아무도 재모를 일으키지 못했다.

"일어나, 새끼야."

강모가 발로 재모를 찼다.

"너, 죽을래? 내 손에 죽고 싶어. 남의 돈에 손대지 말라고 했지. 돈 필요하면 나한테 얘기해. 내가 줄 테니까. 내가 무슨 짓을 해서라도 줄 테니까, 제발 남의 돈 좀 훔치지 마!"

열이 난 강모의 얼굴에 여드름이 더 불거져 있었다.

"너, 계속 그러면 형, 여기서 나가버린다. 너, 두고 나가버릴 테니까 그리 알아."

강모의 말이 빈말 같지 않았다. 가출, 마음만 먹으면 아주 쉬운 일이기도 했다. 축구를 그만두고 이종격투기를 선택한 만큼 뭐든지 맞서 싸우겠다는 단단한 의지로 못할 일이 없어 보였다. 근육을 키워야 한다고 인터넷 쇼핑몰에서 산 파우더를 먹고 근육 맨이 된 강모의 근육이 불뚝불뚝 움직였다. 보는 것만으로도 그 힘이 느껴졌다. 분노로 움직이는 근육의 힘이 폭발하면 상대방은 무사하지 못할 것 같았다. 이종격투기 선수로서 충분한 자질을 갖추었다.

강모의 저 힘이 부러웠다. 살의가 느껴지는 폭력이 마음에 들었다. 이제야 밝히지만 내게 아무런 꿈이 없는 것은 아니었다. 하나의 꿈이 있었다. 그건 그들의 등골을 오싹하게 할 만한 짓을 저지르는 것이다. 잔인하고 완전한 복수. 복수의 대상은 나를 이 세상에 있게 한 남자와 여자였다. 나는 그들을 부모나 아버지, 엄마라고 부르지 않을 것이다.

내가 그 호칭으로 부른 것은 몇 번이나 될까. 더욱이 엄마라고 불러본 기억이 없었다. 얼굴도 생각나지 않았다. 나를 이 세상에 내팽개쳐 놓고 자취를 감춰버린 여자. 그 여자 못지않게 내게 정신적·육체적 폭력을 행사했던 남자. 그 두 사람에 대한 복수. 나는 단순히 죽이는 게 목적이 아니다. 그러고 싶지도 않다. 그들이 쉽게 이 세상에서 사라진다면 너무 허무할 것 같다. 그들을 고통에 빠져 몸부림치게 하고 싶다. 그 고통이 길고 오래 이어지게 하는 게 내 목적이었다.

나를 이렇게 비참하게 버릴 것이라면 좀 더 우월한 유전자를 물려줄 것이지. 그러면 조금은 봐주고 싶은 마음이 생겼을지도 모른다. 나는 그야말로 루저, 그 자체였다. 초등학생으로밖에 보이지 않는 작은 키에 왜소한 체격, 도수 높은 안경을 써야 하는 시력, 뺨에 껌처럼 달라붙어 있는 큰 점, 울퉁불퉁한 이, 튀어나온 입.

그래, 서로 한순간이라도 좋아서 한 몸이 됐던 것까지 뭐라고 하지 않겠다. 도대체 왜 그 결과물을 내놓고 도망쳐버리는 것인지, 왜 책임지지 않고 버려두는 것인지, 나는 아무리 이해하려고 해도 이해할 수 없었다. 널 키울 수 없다. 미안하다. 어쩔 수 없었다. 그 말만 들었어도 난 원한 같은 건 품지 않았을 것이다.

나는 나이 어린 미혼모가 생명의 소중함이 어쩌고저쩌고 떠드는 걸 보면 그대로 텔레비전을 박살내고 싶었다. 사람이 개나 고양이 같은 애완동물도 아니고, 생명이 소중해서 살려놓고, 그다음에는 어떻게 하겠단 말인가.

여건이 안 돼서 입양을 보내고 시설에 맡긴다고 했다. 정말 웃기는 짬뽕 같은 말이다. 아이를 키울 마음이나 형편이 되지 못하면 당연히 낳지 말아야지, 무슨 말도 안 되는 소리를 지껄이는지 화가 났다. 돈이 없어서 병원에 갈 수 없었다면 차라리 한숨이나 쉬고 말겠지만, 내 몸 안에 생명이 있는데 어떻게 죽이냐는 어린 여자들을 보면 살의를 느낀다.

태어나면서부터 불행하고, 평생 부모 사랑 없이 방치되는 그 아이의 끔찍한 인생은 어쩔 것인가. 아무리 시설 좋은 곳에서 자란다 해도 부모에게 버림받은 아이는 결코 활짝 웃음꽃을 피울 수 없다. 웃음의 그늘이 얼마나 길게 늘어지는지 모를 것이다. 임신한 어린 여자아이의 파트너는 제집 식구들의 지갑을 몰래 털어서라도 병원비를 마련해주어야 한다. 그것도 못해주면 남자 새끼도 아니다.

나는 한 번도 온전한 사랑을 받아본 적이 없었다. 사랑을 받아본 사람이 사랑을 줄 수 있다는 말이 내게는 끔찍했다. 나는 누구에게도 사랑을 주지 못하는 괴물이라는 것인가.

몇십 년 만에 왔다는 폭염이었다. 뉴스에서는 전력 소비량이 최고라고 조금이라도 전기를 아껴 쓰자는 멘트가 떠나지 않았다. 가만히 있어도 땀이 흐르고 숨이 찼다. 이 더운 여름은 끝나지 않을 것만 같았다.

쪽팔리는 가족사

"오랜만이다."

이러닝 선생님은 아이들을 향해서 알은체를 했다. 아이들은 오랜만에 제대로 컴퓨터를 해보겠다고 선생님은 쳐다보지도 않았다. 시설 캠프와 공휴일, 휴가가 겹쳐서 이러닝 선생님도 오랜만에 왔다.

다시 컴퓨터실이 시끄러워지고 개학을 했지만 수업이 일찍 끝나서 중학생도 초등생보다 더 일찍 내려왔다. 그래서 자리가 부족했다. 각 책상에 컴퓨터가 한 대씩인데 고장 난 컴퓨터가 많았다. 정기적으로 컴퓨터를 점검하지만 워낙 제멋대로 쓰는 놈들이 많아서 고장도 잦았다. 공부 대신 다른 것 하다가도 누가 쳐다보기라도 하면 잽싸게 책상 아래 전원을 발로 꺼버렸다.

　나는 컴퓨터실로 들어가면서도 약간 머쓱했다. 이러닝 시간이라고 꼬박꼬박 출석하기가 민망하기도 했다. 내가 공부 안 하는 건 모든 사람이 다 아는데, 너무 출석을 잘하고 있었다. 원장님이 영어라도 조금 해보라는 뜻에서 나를 등록시켰다.

　나는 은룡초를 검색했다. 꽃 따위는 전혀 관심 없지만 도대체 어떻게 생긴 것인지는 궁금했다. 희멀건 꽃일 뿐이었다. 의미를 부여하지 않으면 아무것도 아니었을 꽃이다. 한 번 보면 그렇구나, 하고 잊혀질 꽃이었다. 내게 중요한 건 은룡초의 의미를 전해준 사랑이였다. 나는 은룡초보다는 사랑이를 보고 싶었다.

　선생님은 또 늘 하는 똑같은 잔소리를 늘어놓았다. 먼저, 과제를 해라, 1학기 때 어려웠던 과목을 복습하자, 그러려면 동영상 강의를 들어야 한다, 예습보다도 복습의 효과가 더 크다, 수학도 한 단원씩 똑같은 단원을 알아들을 때까지 반복해서 듣자, 학교 수업 때는 선생님이 한 번만 설명해주고 끝나지만 동영상 강의는 얼마든지 반복이 가능하지 않느냐, 반복해서 듣고 이해가 가면 셀프 테스트로 문제를 풀면 된다.

　참 어른들은 어쩌면 저렇게 비슷한지 모르겠다. 자기 말을 귀담아듣는지 어쩐지 신경도 쓰지 않고 자기 할 말만 쏟아냈다.

　"네, 네, 네."

어떤 놈이 이제 그만하라는 식으로 대답했다.

"너희들 수학도 문제지만 영어도 마찬가지야. 영어는 기초 영문법 동강을 들어봐. 정말 쉽게 돼 있어. 중학교 1학년 수준으로 돼 있으니까 중학생들은 어렵더라도 끝까지 들어봤으면 좋겠다. 끝까지 들어보면 그래도 뭔가 남는 게 있고 감이 잡힐 거야."

선생님이 드디어 말을 끝내고 자리에 앉았다. 초등학생들은 먼저 왔어도 형들한테 자리를 뺏겨서 입이 쑥 나왔다. 여기저기 자리를 옮겨가며 컴퓨터 전원을 켜보곤 했다.

"중학생 놈들, 동생들 자리 뺏고, 나쁘다."

선생님이 일어서서 중학생들을 노려봤다.

"우리가 뺏은 거 아니에요. 지들이 알아서 일어난 거지. 내 말이 맞지?"

"니네들이 평소에 어떻게 하면 그렇게 되냐? 이놈들아."

하지만 선생님도 그건 어쩔 수 없다는 걸 잘 알고 있었다. 선생님이 한 사람씩 불러서 옆에 앉히기 시작했다. 찬영이를 제일 먼저 불렀다. 선생님들이란 공부 잘하는 놈을 먼저 챙겼다.

"방학 중 어떻게 지냈어? 특별한 일은 없었어?"

"집에 갔다 왔어요."

"어, 그래? 누구네 집?"

"엄마네 집에요."

"엄마는 누구랑 사는데?"

"엄마랑 동생이랑요."

"엄마랑 동생이랑 사는데…….'

선생님은 그다음 말을 차마 하지 못했다. 엄마와 동생이 사는 집에 너는 왜 같이 살지 않고 여기 있는 거냐고 묻고 싶은 거였다.

"그러면 명절 때나 그럴 때도 가는 거야?"

선생님은 다른 궁금한 것도 물었다.

"몰라요. 내가 가고 싶을 때 간 적은 없어요. 거기서 오라고 할 때만 가는 거예요."

선생님은 무슨 말인가 하고 싶어서 입을 벌렸지만 아무 말도 하지 않았다. 사실 찬영이가 집에 가기 시작한 건 얼마 되지 않았다. 이번이 두 번째 정도 됐을 거였다. 찬영이 놈은 집에 다녀와서도 여전히 기운 없이 어깨를 구부리고 다녔다.

초등학교 5학년인 태현이도 집에 다녀왔다. 엄마와 둘이 살다가 일곱 살에 시설에 왔다. 엄마는 그동안 다른 남자와 결혼해서 아이를 낳았다. 그 아이는 이제 세 살이라고 했다. 태현이는 그 집에 가서도 그리 재미있지는 않았던 모양이었다. 찬영이나 태현이나 나이 차가 나는 동생은 아버지가 다른 형제였다.

새로 만난 남자와 살면서 전에 살던 남자의 아이는 시설에서 자라나게 하는 엄마. 방학 때 잠깐씩만 데리고 있다가 다시 시설로 돌려보내는 엄마. 새로 낳은 자식만 귀하고 예쁜 걸까. 예전의 사랑이 가고 나면 그 자식까지도 버려야 하는 것일까.

"저는 엄마가 둘이에요."

새 학기가 시작되면서 반 회장으로 선출된 지성이가 명랑한 목소리로 말했다. 선생님은 지성이와 얘기하다가 또 눈을 크게 떴다. 지성이 역시 방학 중 집에 다녀왔다. 너무 맛있는 걸 많이 먹어서 살이 쪘다고 했다.

"와, 좋았겠다."

먹는 걸 좋아한다는 선생님은 진심으로 부러워하는 눈치였다.

"네, 매일 먹는 것만 샀어요. 하루 고기 뷔페 가면 다음 날은 닭갈비 먹고, 그다음 날은 돼지갈비 먹고, 그다음 날은 회 먹으러 가고, 피자 먹고. 형이 계속 먹으래요."

지성이가 고기 먹는 게 지겹다고, 하지만 속마음은 자랑인 얘기를 계속 떠들었다.

"형이 몇 살인데?"

"서른다섯, 그 정도요."

"정말? 형이 아니라 아버지뻘이네. 그러면 결혼했겠다. 조카는 있어?"

"아뇨. 형 아직 결혼하지 않았어요."

"그렇구나."

선생님이 형 나이가 많다고 하자, 지성이가 엄마가 둘이라는 명쾌한 대답을 했다.

"엄마가 둘, 이라고?"

선생님은 그게 무슨 뜻이지 하는 표정으로 잠시 생각하더니 그래도 정리가 안 된 것 같았다.

"그래? 그러면……."

뜻밖의 상황에 선생님은 얼른 그 가족 관계를 파악하지 못했다. 그러니까 지성이의 엄마는 아버지의 두 번째 부인이고, 형은 첫 번째 부인의 자식이라는 얘기를 빨리 이해하지 못했다. 바보 같았다.

새 학기에 회장도 되고, 집에 가서도 좋은 시간을 보내서였는지 지성은 기분 좋게 계속 떠들어댔다.

"저희 집이 옛날에는 굉장히 부자였대요. 아버지 차도 세 대나 되고."

"아버지가 뭐 하셨는데?"

"금융계에 종사하셨대요. 신용협동조합, 서울시 회장이었대요. 근데 우리 친가 쪽 식구들이 아버지 명의로 대출받고, 어쨌든 그래서 망했대요. 그래서 지금도 친가 사람들하고는 왕래 안 해요. 외가 쪽하고만 친하게 지내요."

지성이는 선생님이 묻지도 않은 말을 척척 했다. 그 아버지는 늦게 낳은 늦둥이를 키울 수 없을 만큼 어려워진 것인가. 지성이 엄마는 가끔 여기에 왔다. 그래도 엄마나 형에게 듣는 얘기가 있어서 그런지 제일 현실적이기도 했다. 취직 잘되는 특성화 고등학교를 졸업하고 직장생활을 하면서 대학까지 다니겠다는 계획을 갖고 있었다.

여기서 나가면 엄마와 살 미래도 있었다. 그래서 그런지 놈은 요즘 잘 웃고 잘 떠들었다. 원장님한테도 어머니, 어머니 하면서 잘 따랐다. 식당에서도 원장님이 밥을 먹고 있으면 많이 드세요, 하고 인사를 하고 물까지 갖다 바쳤다. 드라마에서 보면 상사한테 아부하는 부하 직원처럼 보였다. 사회생활을 아주 잘할 놈이었다.

창배가 늦게 와서 제일 뒷자리에 앉았다. 새로 산 PMP를 자랑스럽게 책상 위에 올려놓았다. 가죽 케이스에 들어 있는 그것은 꽤 비싸 보였다.

"이게 뭐야?"

선생님이 가죽 지갑에서 PMP를 꺼냈다.

"안 돼요. 기스 나요."

창배 놈이 선생님한테 성질을 냈다.

"와, 치사하다. 보고 줄게."

"아, 이거 되게 비싼 거예요."

"얼마인데?"

"삼십만 원요."

"이렇게 비싼 걸 누가 사줬어?"

선생님은 깜짝 놀라서 물었다.

"큰엄마요."

"큰엄마가 왜?"

"십 년 만에 만나서 사준 거예요."

선생님은 또 창배가 왜 십 년 만에 큰엄마를 만났는지 물어봤다.

"선생님, 케이티엑스 타봤어요? 저 처음으로 타봤거든요."

창배는 난생 처음 KTX를 타고 부산에 가서 큰엄마를 만났다고 했다. 아버지와 새엄마도 함께 갔다고 했다. PMP는 큰엄마가 갖고 싶은 거 사준다고 해서 받은 것이라고 했다.

"그래, 좋겠다. 그리고 이제 조금 있으면 고등학교 원서 쓰는데, 자동차 고등학교 가는 거 맞지?"

선생님은 중3한테는 어느 고등학교에 가는지 볼 때마다 확인했다. 기억력이 안 좋은 건지 아니면 머릿속에 입력하려고 반복하는 건지 계속 물어봤다.

"저, 거기 안 가요."

창배는 아니라고 대답했다.

"왜? 그러면 어디 가려고?"

"집 근처 학교, 아무 데나요."

창배는 아버지가 살고 있는 상계동 집 근처의 아무 고등학교나

간다고 했다.

"그러면 여기서 나가? 고등학교는 집에서 다니는 거야?"

선생님은 또 놀란 듯이 물었다. 창배는 아버지가 고등학교 들어가서는 집에서 함께 살자고 했다고 한다.

"아버지 집에는 누가 살고 있는데?"

"엄마와 형요."

"형?"

선생님은 또 남의 가족사를 캐물었다.

"형은 같이 살아? 너는 왜 같이 살지 않아?"

선생님도 이제는 이상한 가족사에 적응됐는지 아무렇지 않게 물었다.

"형은 엄마 자식이에요."

그제야 선생님은 아, 하면서 이해한다는 표정이 됐다.

"형하고는 사이 좋아?"

저 선생님은 도대체 뭘 알고 싶은 건지 창배 옆에 서서 계속 캐물었다. 창배는 성격도 좋았다. 그걸 다 꼬박꼬박 대답해주었다.

"그러니까 가죠. 이제는 많이 좋아졌어요."

엄마가 데리고 온 아들은 고등학교 1학년으로 창배보다 한 살 많다고 했다. 처음에는 굉장히 어색했는데 지금은 많이 좋아졌다며 형이 잘해주려고 한다고도 했다. 그 형은 한 집에 데리고 살면서 창배는 이제야 데리고 간다는 아버지.

"여기 사는 것보다 집에 가서 사는 게 더 좋을 거 같아?"

"모르죠. 안 살아봤는데."

창배 대답이 맞았다. 십 년 넘게 여기 살다가 집으로 돌아가서 새엄마와 어색한 형 사이에서 잘 지낼 수 있을지, 선생님은 드라마에서 보던 그런 장면을 상상하는 것 같았다.

"가지 마. 가면 울 거야."

바로 앞자리에 앉은 현중이가 말했다. 비슷한 시기에 들어와서 서로 의지하며 지낸 십 년이 형제의 정보다 깊을 수도 있었다. 서로 볼 거, 못 볼 거 다 본 사이로 진정한 불알 친구였다.

"현중아, 그렇게 섭섭해?"

선생님이 현중이에게 물었다.

"네, 섭섭해요. 가지 말라고 해요."

현중이가 어린애처럼 말했다. 저놈의 엄마는 그렇게 애절하게 글을 올려놓고 도대체 왜 이대로 내버려두고 있는 것인지 모르겠다.

선생님은 다시 앞으로 가서 자기 자리에 앉았다. 선생님은 얼마 전 집으로 돌아간 놈을 눈으로 찾았다. 두꺼운 검정 뿔테 안경을 쓴 범생이 그놈은 약간 밉상이었다. 여기 들어온 지 얼마 되지 않았는데 잘난 척을 엄청 해댔다. 공부를 잘해서 여기 있는 애들을 무시했다. 그놈은 책을 좀 읽었는지 유식한 말을 하긴 했다. 꿈이 뭐냐고 물으면 초딩들은 축구선수 외에 대답할 거리가 없어서 입을 다물곤 하는데 그놈은 기자라고 서슴없이 말했다. 그것도 그냥 기자가 아니라 조중동 기자가 되고 싶다고 했다.

"조중동 기자? 그건 무슨 기자야?"

이렇게 묻는 게 여기 아이들의 수준이었다.

"너는 조선, 중앙, 동아. 우리나라 3대 중앙지도 모르냐?"

놈은 대놓고 아이들의 무식을 비웃었다. 그 유식한 놈은 선생님이 내주는 과제도 똑 부러지게 했다. 실력이 그저 그래서 보통 난이도를 낮게 해서 과제를 내주는데 놈만 그걸 다 맞혔다.

이러닝에서는 문제를 푼 개수와 맞은 개수가 함께 표시됐다. 선생님의 강압으로 과제를 풀다 보니까 열 개를 풀던, 다섯 개를 풀던 맞은 개수는 0으로 표시되는 경우가 대부분이었다. 학교 시험 볼 때 찍듯이 마우스로 아무 번호나 클릭해버리고 숙제를 했다고 외치는 우리들 중에서 그놈만 제대로 풀어냈다.

거기에다가 컴퓨터실을 나갈 때는 일부러 앞으로 나가서 선생님한테 인사를 했다. 다른 놈들은 컴퓨터실을 들어오고 나갈 때, 웬만하면 소리 없이 들어왔다가 사라졌다. 혹시나 선생님이 불러서 그 앞으로 끌려나가서 이런저런 얘기를 하고 싶지 않았기 때문이었다. 그런데 그놈은 두 손을 앞으로 공손하게 모으고 허리를 깊게 숙여 인사했다.

"선생님, 그럼 안녕히 계세요."

듣는 사람도 말하는 사람도 몹시 어색한 인사였다. 그 선생님뿐 아니라 이모들에게도 그런 식이었다.

"왜 안 왔지?"

선생님이 아이들에게 왜 그놈이 나오지 않았는지 물었다. 선생님은 그놈에게 줄 문화상품권 봉투를 흔들어 보였다. 이러닝에서 독서 감상문 쓰기 이벤트가 있었는데 그놈이 쓴 게 뽑혔다.

"집에 갔어요."

아이들이 소리쳤다.

"방학 동안에만 다녀오는 거 아니었어?"

선생님도 그렇게 알고 있었다. 처음에는 방학 동안만 가 있기로 하고 갔었다. 하지만 집에 다녀오고 나서, 다시 집으로 가겠다고 원장님과 몇 번이나 상담을 했다. 엄마의 경제력이 없어서 여기로 보냈지만 그동안 엄마가 취직을 해서 같이 살 능력이 된다는 거였다.

"분식집에서 일하는데 둘이서 먹고 살 수 있어?"

원장님은 분식집에서 일하면 도대체 얼마나 월급을 받는지 모르겠지만 결코 충분하지 않다는 걸 알고 있었다. 안정된 일자리도 아니고 돈도 많이 벌지 못하는데 어떻게 둘이 살 수 있는지 그놈의 침대를 정리하면서 이모한테 걱정을 늘어놓았다.

원장님은 집으로 금방 데려갔다가 다시 또 돌려보낼 바에야 차라리 어느 정도 안정이 될 때까지 여기 있는 게 더 나은데 왜 그렇게 조바심을 내는지 모르겠다고 했다. 다시 돌아오면 마음의 상처가 클 뿐 아니라 여기서 지내기도 더 어려울 것이라고 했다.

그놈이 짐을 싸서 나가던 날, 사무실로 온 엄마는 어딘지 허술해 보였다. 똑똑해 보이는 놈과는 정반대였다. 말하는 것도 행동하는 것도 어수룩해 보였다. 엄마 손을 붙잡고 나가는 놈이 엄마의 보호자 같았다. 그래서였는지 놈의 어깨가 조금 무거워 보이긴 했다. 택시를 불러서 엄마와 함께 탄 놈은 굳이 고개를 돌려서 여기를 쳐다보지는 않았다. 2층 베란다에서 쳐다보던 초딩 놈들은 멀어져 가는 택시를 하염없이 바라봤다.

나는 사랑이의 아이디를 보고, 어느 시설에서 사는지 확인했다. 여기에서 그리 멀지 않은 곳이었다. 걸어서도 갈 수 있었다. 나는 로그아웃을 하고, 컴퓨터를 껐다.

내 영혼을 팔아서라도

"태양이 형, 너무 불쌍해서 그냥 여기 있게 해줬는데, 이제 다른 데로 간대."

드디어 올 것이 온 모양이었다. 학교도 다니지 않는 내가 여기에 언제까지고 있을 수는 없었다. 검정고시를 준비하면서 직업 훈련을 받는 곳으로 옮겨야 했다. 그러려면 보호자의 동의가 필요했다. 나에게는 보호자가 없었다.

아버지와 연락이 되지 않은 게 십 년이었다. 내 반복된 가출로 나를 포기했다지만 그건 변명이었다. 아버지가 나를 포기하지 않았더라도 내가 아버지를 거부했을 것이다. 그래도 아버지가 먼저 아들을 모르는 척하는 건 사람의 도리가 아니지 않을까.

나 역시 절대로 아버지 같은 아버지는 되지 않을 것이다. 아니 아버지가 되지 않을 것이다. 차라리 이렇게 지금처럼 어른이 되지 않고 살 수만 있다면 얼마나 좋을까. 늙지 않는 소년으로만 있을 수 있다면 정말 나는 내 영혼이라도 팔고 싶은 심정이다. 이제 보니 나의 소망은 이루어질 수 없는 거였다.

솔직히 이제 다른 곳으로 옮기는 건 싫었다. 직업 훈련을 받는 그곳의 얘기는 그동안 많이 들어봤다. 여기서 학교를 그만둔 놈들도 그곳으로 갔다. 공부를 안 해도 학교만 왔다 갔다 하면 졸업할 수 있는 게 우리나라의 학교였다. 그런데 그것마저도 하지 않은 놈들이 모여서 공부 대신 기술을 배운다는 것이다.

흡연실이 아예 따로 있을 정도로 갈 데까지 갔었던 놈들이 모여드는 곳이었다. 중학교 졸업 이상 고등학교 자퇴자들이 생활하는 곳이었다. 나처럼 학교를 다니지 않다가 온 놈들이 많았다. 고등학교 졸업 검정고시를 준비하거나 방송통신고등학교를 다니기도 했다.

학교 수업보다는 실습 위주의 직업교육이 이루어지는데 주로 기계를 다루는 일이었다. 정말 나는 하고 싶지 않은 일이었다. 왜 직업교육은 꼭 공장에 가서 하는 일만 배우는지 모르겠다. 공장에서 일하는 사람을 비하하는 게 아니다. 나는 기계를 만지고 조립하고 기름칠하는 일에는 전혀 관심도 흥미도 없었다.

차라리 하루 종일 도서관에서 반납한 책을 제자리에 꽂아두고,

책장의 먼지를 닦아내고, 쓰레기통을 비우고, 새로 들어온 책에 바코드를 붙이고, 찢어지고 망가져서 대여해줄 수 없는 책을 골라내는 일이면 좋겠다. 매달 들어오는 책의 박스를 풀어서 종류별로 정리하는 일을 한다면, 언제까지라도 할 수 있을 것 같았다.

여기 출신의 한 형도 보통의 아이들이 그러하듯이 공고를 가고, 취업을 했다가 그만두었다고 했다. 도저히 적성에 맞지 않아서 그만두고 지금은 바리스타로 일하고 있다고 했다. 공부를 웬만큼 하지 않으면 인문계 고등학교 대신 특성화 고등학교를 갔다. 그 특성화 고등학교는 대부분 공고나 자동차 고등학교였다. 취업이 잘된다는 이유로 선택했다. 영준이도 공고를 갔다. 지수는 워낙 성적이 안 좋아서 그나마도 가지 못했다.

이럴 때는 공부 안 한 게 조금 후회되기도 했다. 내가 그토록 들락거렸던 도서관에서 일하는 사람들은 거의 대학을 나왔고, 사서 자격증이라는 것도 가지고 있었다. 학력에 제한 없이 그런 시험을 볼 수 있다면 도전해보고 싶기도 했다.

나는 알고 있었다. 거기 가서도 나는 평범하게 잘 지낼 수 없을 것이다. 술 마시고 담배 피우고 불량스러운 그들과 어울리지 못해서가 아니었다. 나는 거기서 아무것도 배우고 싶지 않았다. 기술을 배워서 직업을 가지고 돈을 벌고, 무언가를 꿈꾸고 그따위 것을 하기 싫었다.

정말, 그냥 이대로 살 수는 없는 것일까.

그런데 벌써 주민등록증이 나왔다. 점점 더 어른에 가까워지고 있었다.

여기서 나가게 되면 사랑이와는 다시 연락하지 못할 수도 있었다. 사랑이를 꼭 한 번만 만날 수만 있다면, 나는 무엇이든 할 수 있을 것 같았다. 그리고 물어보고 싶었다.

왜 갑자기 나를 기억해낸 거냐고.

까만 눈동자는 마음을 풀게 하고

　나는 조금 불안했다. 곧 여기서 나가야 된다고 생각하니 우울했다. 언제까지 떠돌이처럼 살 수는 없었다. 사랑이도 나처럼 언젠가는 그곳에서 나갈 것이다. 내가 은룡초처럼 어느 그늘진 곳에서 영원히 사랑이만 생각하며 살 수는 없을 것이다. 나는 여기서 나가기 전에 꼭 사랑이를 만나러 가기로 결심했다.

　우리 방이 갑자기 간이 병원이 됐다. 피부과에서 의료봉사단이 왔다. 남자 의사 한 명과 젊은 여자 간호사 세 명이 왔다. 아토피로 늘 부스럼을 달고 살고, 밤에는 긁느라고 잠을 제대로 자지 못하는 어린아이들이 많았다. 겨울에는 손이 트고 늘 눈가가 빨갛게 짓물러서 울고 난 아이처럼 보였다. 더구나 지금처럼 더운 날이면 두드러기처럼 부풀어 오르기까지 했다. 거기에다가 늘 손톱을 물어뜯는 버릇까지 있어서 손톱의 속살에 상처가 난 아이들도 많았다. 사랑의 결핍은 이렇게 몸에서도 반응했다.

중학교 놈들은 여드름 때문에 환호성을 치며 몰려왔다. 여자 간호사가 세 명씩이나 온 건 바로 여드름 치료 때문이었다. 거실에 간이침대처럼 간격을 넓게 해서 이불을 세 개 깔아놓고 한 명씩 누웠다. 그러면 간호사가 여드름을 짜고 소독하고 치료를 해주었다. 폭발적인 반응이었다. 다른 어떤 봉사보다도 열렬한 환호와 호응을 받았다.

누가 일찍 와서 줄을 섰는지는 중요하지 않았다. 서열 순으로 순서가 정해졌다. 특히 온 얼굴에 붉고 성난 여드름이 잔뜩 난 강모가 제일 먼저 누웠다. 행복한 미소를 짓고 있는 놈들에게 의사 선생님이 다가갔다.

"여드름도 한때야. 장가가면 다 없어진다."

여드름 하나 나지 않았을 것 같은 뽀얀 피부를 가진 의사 선생님이 말했다.

"진짜요?"

기다리던 아이들이 물었다.

"그래. 내 경험상."

의사가 눈을 찡긋거리며 말했다.

"진짜야, 아빠?"

다섯 살이나 됐을까. 민소매 원피스를 입은 여자아이가 뛰어와서 의사의 팔에 매달렸다. 딸을 데리고 온 모양이었다.

"그럼."

의사가 딸을 안아 올리며 웃었다. 딸을 쳐다보는 눈빛은 사랑이 넘쳐흘렀다. 아이들은 조그맣고 귀여운 여자아이가 너무 예쁘다고 난리를 쳤다. 아빠에게 안긴 딸은 천진스럽게 웃었다. 정말 환한 웃음이었다.

나에게도 여동생이 있지만 예쁘다거나 귀엽다고 느낀 적은 없었다. 항상 울고 보챘던 기억뿐이다. 그 애도 지금쯤은 중학생이 돼서 학교에 다니고 있겠지. 길거리에서 마주친다 해도 못 알아볼 것 같았다.

의사는 딸아이를 내려놓았다. 다시 의자에 앉아서 진료를 보기 시작했다.

"이놈들, 왜 이렇게 손톱을 물어뜯는 거야?"

의사는 입으로 손톱을 물어뜯어서 보기만 해도 쓰려 보이는 아이들의 손톱과 맞물린 살을 가리켰다.

"이러다가 덧나면 큰일 난다. 씻지도 않은 손을 입으로 가져가면 그 더러운 세균이 다 입으로 들어가는 거야."

의사가 아무리 말해도 애들은 들은 척도 안 했다. 중딩은 그래도 덜한데 초딩들은 거의 대부분 손톱을 물어뜯는 버릇이 있었다. 갈비를 뜯듯이 고개를 돌리고 잘근잘근 씹어대는 놈도 있었다. 나역시 한때, 피가 나도록 손톱을 물어뜯었었다.

학교 수업 시간에도 선생님 말을 듣는 대신 손톱을 물어뜯는 데에 집중하는 아이들. 정서가 불안하고 집중력이 부족함. 학교에서 받아오는 담임선생님의 글에 공통적으로 나오는 말이었다. 단 십분도 좋은 자세로 앉아 있지 못하는 산만한 아이들. 공부를 못하는 이유는 한 가지였다. 집중력 장애.

나는 침대로 돌아가 누웠다. 웃음소리와 웅성거림으로 잠을 잘수도 없었다. 일어나서 나오려고 하는데 방문 앞에 그 여자아이가서 있었다. 똘망똘망한 눈으로 방 안을 구경했다.

"들어가면 안 돼."

의사가 여자아이를 쫓아와서 부드럽게 말했다. 여자아이는 고개를 끄덕였다. 나는 현관 앞에 어질러져 있는 신발 중에서 내 슬리퍼를 찾아 신었다.

1층은 조용했다. 다행히 도서실 문이 열려 있었다. 성인 도서 칸에는 순수 문학에 너무 치우쳐 있는 소설들만 있었다. 우수문학도서라는 인증 마크가 찍혀 있는 책들 사이에서 『불량 가족 일기』를 집어 들었다. 내가 이렇게 인증된 책을 읽어도 아이들은 나를야한 소설만 읽는 변태 취급을 했다. 나는 결코 야한 소설만 찾아

읽지는 않았다.

책을 가지고 자리를 잡았다. 에어컨이 돌아가지 않아서 더웠다. 여기에 사는 아이들의 가족사와 비슷하게 난장판인 가족들의 생활이 적나라하게 나왔다. 인기척이 느껴졌다.

그 여자아이였다. 여기까지 오다니, 깜짝 놀랐다. 여자아이는 나를 보더니 안심하는 눈치였다. 여자아이는 성큼성큼 도서실 안으로 들어왔다. 책만 있는 도서실이 낯설지 않은 모양이었다.

여자아이는 이리저리 책을 둘러보았다. 키가 작아서 자기 마음대로 책을 꺼낼 수 없었다. 발을 들어도 책은 너무 높이 있었다. 나는 바로 등 뒤 책장에서 그림책 하나를 꺼냈다. 그리고 책상 위에 펴주었다. 첫 페이지가 아니라 되는대로 그냥 펼쳤다. 여자아이는 의자 위로 올라오더니 내가 펼쳐준 그림책을 들여다봤다. 몇 살이나 됐을까. 나이를 물어보려다가 그만뒀다.

"오빠, 이거 뭐야?"

책을 읽던 나는 너무 놀라서 여자아이를 쳐다봤다. 여자아이가 손가락으로 자기가 보던 곳을 가리켰다. 그리고 눈으로 나를 바라봤다. 나쁜 마음이나 생각은 품어보지도 않았을 말간 검은 눈동자가 나를 향해 있었다. 오빠라는 말을 세상에서 처음 들어보는 것 같았다. 기분이 묘했다.

나는 의자를 여자아이 옆으로 끌어갔다. 그리고 천천히 그림책을 읽어주기 시작했다. 여자아이는 다소곳이 듣고만 있었다.

"재밌어."

여자아이가 말했다. 또 까만 눈동자로 나를 쳐다봤다. 이 여자아이처럼 사심 없이 나를 바라봐준 사람은 아무도 없었다. 사람들이 나를 볼 때, 이미 그 눈에는 어떤 뜻이 담겨 있었다. 나는 그 호의적이지 않은 마음을 읽었다. 그래서 사람들의 눈을 될 수 있으면 마주치지 않았다. 나는 사람들의 눈 대신, 그 아래 발을 내려다보며 말했다. 그래서 예의가 없다고 야단을 맞기도 했다.

하지만 지금 여자아이에게서 눈을 뗄 수가 없었다. 참 예쁘다, 귀엽다는 생각이 들었다. 나도 모르게 여자아이의 머리를 쓰다듬었다.

"뭐 하는 거야?"

여자아이의 아빠, 의사였다.

"아빠!"

여자아이는 아빠를 보고는 방긋 웃었다. 의사는 얼른 달려와 여자아이를 안았다. 마치 납치됐던 딸을 이제서 구하게 된 것이 천만다행이라는 그런 행동이었다.

"오빠가 책 읽어줬어."

여자아이는 아빠 품에 안겨서 손가락으로 나를 가리켰다. 그래도 의사의 얼굴 표정은 좋지 않았다.

"그래? 여기서 마음대로 돌아다니면 안 돼."

의사의 말이 또 거슬렀다. 여기서는 마음대로 돌아다니면 안 된다는 저 말은, 여기에는 좋지 않은 오빠들이 많으니까 조심해야 된다는 뜻으로 들렸다. 나는 계속 책에 고개를 숙이고 있었지만 의사의 시선을 느낄 수 있었다.

"아빠 조금 있으면 끝나. 꼭 아빠 옆에 있어야 돼."

의사는 나에게 아무 말도 하지 않고 그대로 나가버렸다. 참 기분이 더러웠다. 아무리 여자아이 성폭행 사건이 끊이지 않고 시끄러워도 나를 그렇게 취급하는 건 잘못이었다. 나는 아무 짓도 한 게 없었다. 나는 그 여자아이가 너무 맑아서 친절을 베푼 것뿐이었다.

그대로 앉아 있기가 힘들었다. 현관 밖으로 나오니까 바람이 좀 불었다. 태풍이 온다더니 서서히 바람이 올라오나 보았다. 베란다 유리창에 신문지를 붙여놓느라 어젯밤에 난리가 났었다. 하지만 물기가 마르자 신문이 떨어지는 바람에 청 테이프를 엑스 모양으로 붙여놓았다. 베란다를 올려다보니 커다랗게 엑스 자 표시가 된 유리문이 보였다. 보기 흉했다. 사람이 살고 있지 않으니까 부셔버려도 된다는 슬럼가의 표시 같았다.

운동장을 지나서 밖으로 나왔다. 발걸음을 옮길 때마다 바람은 조금씩 더 시원하게 느껴졌다. 어서 빨리 태풍이 몰려왔으면 좋겠다. 바람에 내 가슴속 답답한 찌꺼기들이 다 날아가버렸으면 좋겠다. 나는 계속 걸었다. 슬리퍼를 신은 맨발이 시렸다.

버스 종점에는 이제 막 출발하려는 버스의 문이 열려 있었다. 나보고 얼른 타라고 하는 것만 같았다. 담배를 피우느라 기사 아저씨는 아직 운전석에 앉지 않았다. 나는 버스에 올라서 맨 뒷자리 창가로 갔다. 사랑이가 내 모습을 보고 실망을 해도 상관없었다. 그냥 잘 지내라고 말해주고 싶었다. 나를 기억해주어서 고마웠다고 인사하고 싶었다. 나, 태양이라는 아이는 진심에서 나오는 인사는 꼭 한다는 것을 보여주고 싶었다.

이 버스의 종점이 어디인지는 몰라도 사랑이가 사는 곳을 지나치는 것은 분명했다. 여기에서 출발하는 모든 버스는 그곳을 지나간다. 드디어 버스가 출발했다.

태양을 좋아한다

나는 뜨거운 여름을 좋아한다. 한여름이 짧다는 게 너무 아쉽다. 하지만 밖으로 나가 몸을 움직이는 건 거의 하지 않는다. 대신 한여름에는 소설을 쓰려고 애쓴다. 이 소설 역시 여름이 지나가기 전에 쓰려고 고군분투했다.

그날, 햄버거 레스토랑에서 비싼 햄버거를 먹고 나온 날도 너무 뜨거웠다. 그 햄버거를 먹으며 들었던 얘기들, 그 아이들. 나보다 훨씬 삶의 이면을 잘 알고 있었다.

세상에는 행복하고 아름다운 가족만 있지 않다는 것은 누구나 알고 있을 것이다. 또 세상의 부모가 다 훌륭하지 않다는 것도 부정할 수 없다. 그리고 모든 어린아이가 사랑을 듬뿍 받는 것도 아니다.

지금 내가 누리고 있는 평범한 일상이 다른 누군가에게는 간절한 소망이 되기도 한다. 그래서 나는, 지금 자기가 너무 힘들고 아프다는 평범한 청소년들이 이 책을 읽으면 좋을 것 같다. 돈 많지 않은 부모 때문에, 공부만 하라고 닦달하는 엄마 때문에, 야단만 치는 아빠 때문에 성난 아이들이, 집이 아닌 곳에서 사는 그들도 이 세상을 같이 살아가고 있다는 것을 알았으면 좋겠다. 그러면 견딜 수 있는 힘이 조금은 생기지 않을까.

뭔가 대단한 교훈 같은 것은 없다. 그저 우리가 가족과 함께 살고 있는 집이, 매일 비슷한 반찬이 올라오는 밥상이 주는 소중함을 한 번쯤 느꼈으면 좋겠다.

그리고 집이 아닌 곳에 살고 있는 태양이의 친구들은 가족과 함께 사는 곳도 그렇게 행복하거나 아름답지만 않다는 것을 알았으면 좋겠다. 아직 어리고 젊은 그대들에게는 태양 같은 눈부신 미래가 길게 이어져 있고, 자기가 원하는 것을 이룰 수 있는 충분한 시간이 있다는 걸 알았으면 좋겠다. 인생은 짧다고 하지만 아직 그대들에게는 많은 시간이 있다는 걸 감사히 여기면서 산다면 조금은 행복할 수 있지 않을까.

자음과모음의 여러분들에게 늘 감사하다.

김경해

태양의 인사

ⓒ 김경해, 2013

초판 1쇄 발행일 | 2013년 11월 13일
초판 2쇄 발행일 | 2024년 12월 1일

지은이 | 김경해
펴낸이 | 정은영

펴낸곳 | (주)자음과모음
출판등록 | 2001년 11월 28일 제2001-000259호
주   소 | 10881 경기도 파주시 회동길 325-20
전   화 | 편집부 (02)324-2347, 경영지원부 (02)325-6047
팩   스 | 편집부 (02)324-2348, 경영지원부 (02)2654-7696
E-mail | jamoteen@jamobook.com

ISBN 978-89-544-3031-9(43810)